法師

剣客相談人11

森 詠

時代小説

二見時代小説文庫

目次

疾《はし》れ、影法師——剣客相談人11

第一話　鼠《ねずみ》たちの夜

一

草木も眠る丑三つ刻《うしみどき》（午前二時から二時半）。江戸の八百八町《はっぴゃくやちょう》は寝静まっている。

あたりは真っ暗。

通りには人っ子ひとりなく、自身番《じしんばん》の提灯《ちょうちん》の明かりがぼんやりと照らしているだけだった。

日本橋の大店《おおだな》が居並ぶ商店街。

瓦屋根《かわらやね》の上から、通りの地べたに黒い影法師《かげぼうし》が一つ、音もなく、ひらりと飛び降りた。

蹲《うずくま》った影法師は、通りに人の気配がないのを確かめるように見回した。

プスッという口を鳴らす音がした。

それを合図に屋根から、一つ、また一つと、つぎつぎ、影法師たちがひらりひらりと舞い降りる。

いずれも、まるで猫のようにしなやかに、音も立てずに、ふわりと着地し、あたりを窺う。

その数、ざっと十数人。

また、プスッと口が鳴らされた。

屋根の上から、するすると縄に吊された黒い箱が下りてくる。

下にいた影法師たちが、その箱を受け取り、縄を解く。

縄が上がると、また黒い箱が下ろされる。

終始、影法師たちは無言だった。

手際良く、五、六個の箱が下ろされた。

作業の最中、突然、箱から何かがこぼれ落ちた。あたりにちりんという金属音が鳴り響いた。小判の音。

一瞬、影法師たちの動きが止まった。

影法師たちは呼吸も止めて、鳴りをひそめている。

通りにはまったく人気《ひとけ》もなく、猫一匹動く姿がない。

どこかで犬の遠吠えがきこえた。

やがて、影法師の一つが、落ちた小判を拾い上げ、懐《ふところ》に仕舞うと、手をさっと振り下ろした。

動きを止めていた影法師たちは息を吹き返し、何ごともなかったかのように、静かに作業を再開した。

最後に、もう一箱が下ろされ、縄が地上に落ちた。

屋根の上から、さらに数人の影法師がばらばらっと通りに降り立った。

また影法師たちは息をひそめ、通りを窺う。

通りの両側の店々は、寝静まったままだ。

影法師たちは黒い箱を担ぎ、暗がりの中を走り出した。その迅《はや》いこと、まるで疾風《はやて》のごとし。

影法師たちは、近くの掘割《ほりわり》の船着き場に駆け込んだ。

船着き場には数艘の屋根船が待ち受けていた。影法師たちはつぎつぎに千両箱を屋根船の中に運び込んだ。

影法師たちと千両箱を乗せた数艘の屋根船は艫《とも》の明かりも消し、静かに掘割の水を滑り出した。

　屋根船の黒い船体は、濃い闇の中、いずことも知れず姿を消した。

「……ってわけだ。さあさ、お立ち合い、詳しい顚末《てんまつ》は、出来たてほやほやの瓦版《かわらばん》を読んでくれい。さあさ、買った買った。あの鼠小僧次郎吉《ねずみこぞうじろきち》さまが還《かえ》って来た」

　橋の袂《たもと》で、手拭いを頭に被《かぶ》った読売《よみうり》が瓦版を振りかざし、大声で口上《こうじよう》を触れていた。

「なんだなんだ?」

「鼠小僧次郎吉が還って来ただと?」

　通りを行き交う通行人たちが、読売の口上を聞き付け足を止めて行く。

　次第に野次馬たちが読売の周りに集まり出した。

「嘘《うそ》だろう? 鼠小僧次郎吉は獄門《ごくもん》に懸けられて、死んだじゃねえのかい」

「そんな馬鹿な。おいら、鈴ケ森《すずがもり》で、次郎吉の晒《さら》し首をこの目で見たぜ」

　読売は大声で言い放った。

「ところが、どっこい、鼠小僧次郎吉は生きていたんだな、これが。生きていたというより、神様、仏様、阿弥陀《あみだ》様が、江戸の貧乏人たちを可哀相《かわいそう》に思い、鼠小僧次郎吉を、地獄から救い出し、この世に再び呼び戻してくれたってえわけよ」

「ほんとに鼠小僧次郎吉かよう？」

　野次馬の一人が嘲笑《ちょうしょう》した。読売がにんまりと笑った。

「兄さん、疑い深いねえ。じゃあ、昨夜、鼠が襲った先は、どこだと思う？　驚くねえ、業突張《ごうつくば》りで悪名高き、あの情け無用の札差《ふださし》の大店渥美《あつみ》屋《や》だぜ。やっぱ鼠小僧次郎吉様は違う。義に篤《あつ》く、庶民への情けがあらぁ」

「それだけじゃあ、鼠小僧次郎吉とはいえねえじゃねえか」

「あたりきよ。それだけじゃねえ。きいて驚くな。読んで驚くな。今朝のこった。本所《ほんじょ》深川《ふかがわ》の貧乏長屋のおかみさん、亭主がいつものように目を覚ましたと思いねえ。なんと戸口に大判小判がばらばらっと投げ入れられていたってんだ」

　野次馬たちがどよめいた。

　読売は瓦版をぱんぱんと鞭《むち》で叩いた。

「さあさ、還って来た鼠小僧次郎吉の詳しい話は、この瓦版に書いてあるよ。さあ、買った買った」

　読売は片手に掲げた瓦版を、ぽんぽんと篠竹《しのたけ》で叩きながら声を張り上げた。

「一部、たったの二十文《もん》だ。安いよ安い」

周囲を取り囲んだ野次馬たちが、一斉に押し寄せながら、読売に手を延ばした。

「一部、くれ」

「おれにも」

野次馬たちは、押し合い圧《へ》し合いしながら、我も我もと小銭を出しては、読売から瓦版を買い求めて行く。

元那須川《なすがわ》藩主《はんしゅ》若月《わかつき》丹波守《たんばのかみ》清胤《きよつぐ》改め、長屋の殿様大館《おおだて》文史郎《ぶんしろう》は歩きながら、野次馬たちを眺めた。

傍らを行く爺《じい》こと傅役《もりやく》篠塚《しのづか》左衛門《さえもん》が文史郎に囁《ささや》いた。

「殿、ききましたか？」

「うむ。きいた」

「まさか、鼠小僧次郎吉があの世から甦《よみがえ》るとは思えませんな。きっと鼠小僧次郎吉を真似したやつが現れたか、あるいは鼠小僧次郎吉の一味の残党かと」

「爺、瓦版を一部、求めて参れ」

「はい。少々、お待ちを」

左衛門は野次馬たちの輪に割って入った。

文史郎は腕組をし、掘割の畔《ほとり》の柳の下で騒ぎを眺めていた。

鼠小僧次郎吉は、たしか天保《てんぽう》三年（一八三二）に獄門に処せられた盗賊だった。義賊だったというが、ほんとうのところは分からない。

ともあれ、鼠小僧次郎吉は背が低く、身軽で、武家屋敷の奥向きに忍び込み、金品を盗み出し、貧乏人に盗んだ金品をばらまいたので有名になった。

そもそもは、幕府の政《まつりごと》が武家中心で、下々《しもじも》の百姓町民を蔑《ないがし》ろにしているのがいけないのだ。貧乏人はあいかわらず貧乏のどん底にいて、日々の生活もままならず、金持ちだけがこの世を謳歌《おうか》している。

そんな世の中だから、武家屋敷から金品を奪う、ただの盗人《ぬすっと》の次郎吉が義賊とかいわれて英雄視されてしまうのだ。

愚かなことだ。

文史郎は足許の小石を足で軽く蹴った。

痛てて。

小石を軽く蹴ったつもりだったが、意外に強く蹴ってしまったらしい。小石が当たった足の親指がずきずきと痛みで疼《うず》く。

小石は掘割の水面《みなも》に波紋を作った。

町人たちの人垣の間から、くしゃくしゃになった瓦版を手にした左衛門が現れた。

「……ようやく買えました。みんな、ひっぱりだこで」

左衛門は瓦版を文史郎に手渡した。

瓦版には、歌舞伎《かぶき》役者まがいに見得《みえ》を切った鼠小僧次郎吉が描かれていた。子分たちの影法師が何箱もの千両箱を担いでいる。

「殿、私たちの安兵衛店《やすべえだな》にも、鼠小僧次郎吉が金子《きんす》をばらまいてくれればいいのですがねえ」

左衛門が溜め息をついた。

「うむ。そうだのう」

このところ、剣客相談人の仕事は、何もなかった。

口入れ屋の権兵衛《ごんべえ》から、なんの御呼びもかかっていない。

大門甚兵衛《だいもんじんべえ》も、このところ、普請《ふしん》の土方《どかた》仕事に就《つ》いて、日銭《ひぜに》を稼いでいる。当の本人はもっこを担いだり、地固めの力仕事は軀《からだ》を鍛えるためになる、と一向に気に留めていないが、さすがに、文史郎や左衛門が土方仕事をするのは気が引けた。

武士は食わねど高楊子《たかようじ》だ。

だけど、本音《ほんね》をいえば、いくばくの額でもいいので、誰かが長屋に金子を放り込んでくれたら助かるのだが……。

文史郎は溜め息混じりに、瓦版に書かれた記事に目を通して一読した。

しかし、読売が口上で話したこと以外に目新しいことは何も書かれていなかった。

「羊頭狗肉《ようとうくにく》だのう」

文史郎は左衛門に瓦版を渡した。

二

その父娘親子が安兵衛店に引っ越して来たのは、じめじめとして鬱陶《うっとう》しい梅雨《つゆ》の季節が終わって間もなくのことだった。

その日は、早朝から、空はからりと雲一つなく晴れ上がり、夏の太陽が照りつけていた。

文史郎は、久しぶりに長屋の裏手の空き地に立ち、木刀の素振りをした。

素振りで軀をほぐしたあと、心形刀流《しんぎょうとうりゅう》の形《かた》七十七通りを始めたところで、左衛門の声がかかった。

「殿、殿。しばし……」

「爺、なんだの？」

文史郎は木刀を振るのを中断し、左衛門に顔を向けた。

狭い長屋の路地から左衛門と安兵衛が顔を出していた。

「お、大家さんではないか」

「お殿様、本日は、お日和《ひより》もたいへんよろしうございまして」

「うむ。いい天気だ」

文史郎は青空を見上げた。

「本日は長屋の店子《たなこ》の皆様に、新しく長屋に入居なされる親子をご紹介しようと思いまして」

大柄な安兵衛の背後に、ひっそりと控えている人影があった。

「さ、源七《げんしち》さんたち、お殿様にご挨拶を」

安兵衛の陰から、町人姿の白髪《しらが》頭の男と、その娘らしいうら若い女が現れ、その場に跪《ひざまず》いた。

「お殿様、お初にお目にかかります」

初老の男と娘は地べたに平伏し、額を擦り付けた。

「おいおい。余《よ》は、いまは殿ではない。ただの隠居《いんきょ》の身だ。手を上げてくれ。そのように畏《かしこ》まられては困る」

「いえいえ、畏《おそ》れ多いこと」

親子は平伏したまま、顔を上げなかった。

大家の安兵衛も、どうしたものか、と困惑していた。

「爺、なんとかしてくれ」

左衛門も困った顔でいった。

「はい。二人には、これからお目通りするお殿様は殿ではないと申しておったのですが、この者たちがまるできかないのです」

親子はますます恐縮して、身をちぢこまらせた。

「まことに申し訳ございません。畏れ多いことで……」

安兵衛は笑いながら、親子にいった。

「そうしゃちほこばらずに、まずはお殿様に名を申し上げなさい」

「そうですかい？　いいんですかい？」

初老の男は文史郎を見上げ、慌てて顔を伏せた。

文史郎は微笑《ほほえ》んだ。

「構わぬぞ。それで、その方たちの名はなんと申す？」

「へい」

男はおずおずと顔を上げた。

「あっしは源七と申します。こちらに控えますのは、娘のお久美《くみ》と申しやす」

「殿様、源七は腕のいい鳶《とび》職人の頭《かしら》でしてね。昔は大勢の職人を仕切っていた」

「安兵衛さん、いまは昔の話ですよ。いまじゃあ、こうして引退した老いぼれでさあ」

「まあ、謙遜《けんそん》なさらずに。殿様、私からも、この源七、久美親子をよろしう、お願いいたします」

「お願いいたします」

源七はしきりに頭を下げた。お久美は黙って両手をついたまま顔も上げずに平伏していた。

源七の頭は半ば禿《は》げていて、頭頂付近に申し訳程度の小さな髷《まげ》がついていた。両方の側頭の髪には、何本もの白髪が混じっている。

年齢は五十台と見て取った。

「源七もお久美も、そう畏まらずに面《おもて》を上げなさい。余に顔を見せてくれぬか」

「ほうれ。殿もああいわれておられる。さあさ、二人とも、遠慮せず面を上げよ」

左衛門が二人を促した。

「では」

源七は顔を上げた。傍らの娘お久美にも顔を見せるようせっついた。

「初めてお目にかかります」

「お殿様、久美にございます。どうぞよろしうお願いいたします」

お久美は顔を上げた。

お久美ははっとするほど美しい娘だった。目鼻立ちが整った瓜《うり》ざね顔。歳《とし》のころは、十七、八歳。

お久美は、文史郎があまりじっと見つめていたので、赤い顔をし、目を伏せた。

細い路地から慌ただしい足音がきこえた。

やがて、大家の安兵衛や左衛門の後ろから、隣のお福《ふく》、お米《よね》の顔が現れた。

「ああ、お殿様、こちらにいらしたんですね」

「爺様も、こちらに」

「お福さん、お米さん、いったい、どうしたというのかな?」

「呉服店清藤《きよふじ》の番頭さんが、お殿様のところを訪ねて来たんですよ。ねえ、お米さん」

「そう、番頭さんはお殿様がいないので、慌ててましたよ。私たちに言付《ことづ》けを置いてすぐに戻って行った。お殿さまにお願いがあるそうです。至急に店へお越し願いたいとのことでしたよ」

文史郎は左衛門と顔を見合わせた。

「殿、久しぶりに相談事ですかね」

「おそらくな。爺、行ってみるか」

文史郎は、もしかすると、と思った。

鼠小僧次郎吉に関わる相談ではないか？

安兵衛が破顔した。

「いやあ、お福さん、お米さん、いいところに来た。今度、新しく長屋に住むことになった源七さんとお久美さん親子だ」

「まあ、そうですか。あたしはお福。殿様の右隣に住んでいるんです。よろしくね」

「わたしが、お殿様の左隣に住んでいるお米ですよ」

お福とお米は、源七久美親子ににこやかな笑顔で挨拶し、話し合っている。

左衛門が文史郎にいった。

「殿、では、出掛けるお支度を」

「うむ」

文史郎は安兵衛やお福たちをその場に残して、細小路に入り、長屋へ戻った。

三

呉服店清藤の権兵衛は、文史郎と左衛門の姿を見るや、すぐさま満面に笑みを浮かべて、奥の客間に二人を通した。

「お待ちしていました。さっそくですが、相談事がわんさと来ていまして、それも選《よ》り取り見取りでございますよ」

「ほほう。で、どんな相談ですかな」

左衛門が訊いた。

「まあ、そう急《せ》かせないでください。で、大門様は、ごいっしょではない？」

左衛門がうなずいた。

「相談事がないので、このところ、毎日、寺社や武家屋敷の普請の土方仕事に精を出しておりましてな。でも、夕方には長屋に戻りましょう」

「そうでございましたか。それはお気の毒に。でも、本日で、大門様も土方仕事にはおさらばということになりましょう」

権兵衛は含み笑いをした。

「では、粗茶でも飲みながら相談いたしましょうか。おーい、誰か、いないか」

権兵衛は廊下の奥に大声で呼んだ。

廊下をばたばた走る音がして襖《ふすま》が開いた。

「旦那様、何か用かい」

いつもの下女が顔を出した。

権兵衛は苦々《にがにが》しくいった。

「用かいはないだろうが。用事があるから呼んだのだ。まあいい、お清《きよ》、お客様たちに茶を煎《い》れてくれ」

「いつもの粗茶かい？　出がらしの番茶があっけども……」

権兵衛は苦虫《にがむし》を嚙んだような顔をし、慌てていった。

「極上の玉露《ぎょくろ》だ。この間、駿府《すんぷ》から茶が入ったろうあれを煎れてくれ」

「あんれま。めずらしいこった。分かっただ。すぐに持って来ますだ。それまで待っててくんろ」

下女はにやにやと愛想《あいそ》笑いをしながら、引き揚げて行った。

「ほんとに気が回らぬ下女でしてね。大事な剣客相談人様たちを、なんと心得ておますのやら」

権兵衛は頭を振った。

文史郎は笑いながら尋ねた。

「それで、権兵衛、いったい、どういう依頼が殺到しているというのかな？」

「はいはい。それですな。先日のこと、夜中に札差の大店の渥美屋さんに押し込み強盗が入りましてな。蔵を破られ、かなりの金子を盗まれたというのです」

「やはり、そのことか」

文史郎はにやっと笑い、左衛門と顔を見合わせた。

「御存知でしたか？」

「うむ。瓦版で読んだ」

「そうでございましたか。読売が、もう嗅ぎ付けましたか。それで扇屋《おうぎや》さんも、田《た》所屋《どころや》さんも、あわてふためいていたのですね」

「かなりの金子を盗まれたというが、ほんとうのところ、どうだったのだ？」

「千両箱を三箱ほど奪われたとのことでしたが」

「瓦版では、もっと多かったようだが」

「瓦版屋は、ことを大げさに書き立てますんでね。でも、三千両は下らないとのことでしたが」

「三千両ねえ」

「もっとも渥美屋さんにすれば、三千両などまだまだ端金《はしたがね》でしてね。その程度を盗まれても、びくともしないほど屋台骨《やたいぼね》はしっかりしてますんでね」

「さようか」

「なんせ、日ごろ、渥美屋さんは幕府の要路《ようろ》や譜代《ふだい》大名、旗本《はたもと》でも大名並みの大身《たいしん》旗本を相手に、莫大なお金を用立てし、将来にわたってお金を都合していますからな。その見返りとしても、掛けたお金に倍する金子や利権を頂いているはずですから」

「なるほど」

「その上、貧乏旗本、御家人《ごけにん》相手に高利貸しをするだけでなく、いまでは商人や大工、職人にも高利で金貸しをやっているそうで、そうした額をまとめれば、そんじょそこらの貧乏藩の大名以上の豪勢な生活を……。いやまあ、お殿様の藩のことをいっているわけではありませんが」

権兵衛は頭を掻いた。文史郎はにやにやしながらいった。

「いや、権兵衛、おぬしのいう通りだ。しかし、金を持っているところは羽振りがいいのう」

那須川藩一万八千石。いつも藩は資金のやりくりに四苦八苦し、高利貸しでもある掛屋《かけや》に用立ててもらわねばならぬような苦境に立たされていた。

「とはいえ、いくら渥美屋さんでも、そう何度も押し込みに襲われては困る。毎回、三千両も奪われるとなれば、これはでかいですからなあ。というわけで、渥美屋さんが皮切りとなって、相談に御出でになられたというのです」

「つまり、渥美屋は用心棒として、儂《わし》らを雇いたいというのだな？」

「はい。ご明察通りにございます」

権兵衛はにやっと笑った。

左衛門がすかさず訊いた。

「で、いかほどで？」

「一月《ひとつき》三十両にございます」

「一人頭三十両と申すか？」

「いえ。一人頭三等分で八両ですな」

「一人頭十両ではないのか？」

「紹介料として、一人頭二両を私どもが頂戴いたしますので、一人頭八両ずつとなる次第ですな」

「そうか。一人頭八両か」

仕事がないいまとすれば、決して悪くない額だ。手数料二割は、いくぶん高いが、口入れ屋も商売だ。止むを得ない仕事である。

文史郎は左衛門と顔を見合わせた。

左衛門も異存はなさそうだった。

権兵衛は澄ました顔で続けた。

「ですが、お殿様、相談人の代理人である私は、あえて渥美屋さんの申し出をお断りいたしました」

「ほう。どうしてだね？」

文史郎は訝《いぶか》った。

「渥美屋さんが襲われたのを見て、震え上がった札差、蔵元の大店が、いっせいに用心棒を雇えないかと相談して来たのです」

「なるほど」

「やはり大手札差の扇屋さん、地方大名相手の蔵元をしている田所屋さんなど、およそ高利貸しをしている店という店、そのほか、幕府御用達《ごようたし》の御用商人たちも、相談に参っているのです。なにも、渥美屋さんではなくても、言い値で用心棒の口があるのです。なかには、一人頭五十両出してもいい、とおっしゃる店もあるのです」

「……一人頭五十両でござるか？」

　左衛門はごくりと生唾を飲んだ。

「はいはい。もちろん、その上に、別途、私めのところも十五両も頂けるという好条件でしてね。なにも渥美屋さんだけにこだわる必要もないというわけです」

「ふうむ」

　文史郎は唸った。

「これも、鼠小僧次郎吉さまさま、ということでございます」

　権兵衛は揉《も》み手《て》をしながら笑った。

　文史郎は訝った。

「しかし、変だな。権兵衛、鼠小僧次郎吉は、たしか一昔前に、獄門に懸けられて死んだのではなかったのか？」

「さようで」

「その鼠小僧次郎吉が生きていた、あるいは、あの世から甦ったとでもいうのか？」

「さあ、お殿様、そのあたりは、私どもとしては、どうでもいいことでして、はい」

「どうでもいい？」

「はい。世の中、こう不景気が続くと、貧乏人を助けてくれる義賊が一人や二人出てくれませんとねえ。金持ちばかりがいい思いをして、貧乏人はいつも食い物にも困っている。鼠小僧次郎吉かどうか、ほんとうのことは分からないですが、そういう御仁《ごじん》が出て来るのを、世間では待望しているのでございます」

「ううむ」

「噂では、なんでも、本所か深川のどこかの貧乏長屋に、金子がばらまかれたらしいですな。誰の仕業《しわざ》か分からないが、きっと渥美屋から奪った金子に違いねえ、ありがてえ、ありがてえ、とみんな喜んでいるわけですよ。きっと、また鼠小僧次郎吉様がやってくれたんだろう。ほんとうのところ、鼠小僧次郎吉かどうかは、どうでもいい。ですが、同じようなことをやってくれる義賊が出て来た。それで、きっと鼠小僧次郎吉様が甦ったのだ、と思ったということでしょう」

権兵衛はしらっとした顔でいった。

「じゃあ、ほんとうのところ、渥美屋を襲った押し込み強盗は、鼠小僧次郎吉かどうか、分からないのだな」

「さようで。正直申しまして、私ども口入れ屋としては、鼠小僧次郎吉かどうかなんてことはどうでもよござんして、金持ち連中を震え上がらせてくれる連中であれば、誰でも大歓迎でございましてね。鼠でも猫でも、なんでもいいんでございます」

「ははは。そうか。それで相談が増えればいいわけだな」

文史郎は笑い、顎《あご》を撫でた。

ほんとうに正直な男だ。

左衛門が瓦版を見せた。

「そうだとすると、瓦版屋は、いい加減なもんだな。勝手に鼠小僧次郎吉の仕業だとでたらめを書いておる」

権兵衛は真顔になった。

「左衛門様、それがまんざら嘘でもなさそうなんですよ」

「ほう？　嘘ではないというと？」

「私が耳にしたところによりますと、押し込み強盗が引き揚げたあと、わざわざ鼠の絵を描いた半紙を置いていったそうなんです。そんなことをする盗賊は、鼠小僧次郎吉しかいないだろうと」

文史郎は首を捻った。

「権兵衛、瓦版にもあるが、鼠は一匹ではなさそうだな」

「はい。渥美屋によれば、押し込んだ連中は十数人だったそうなのです。店の主人の話では、夜中に起こされたときには、番頭をはじめ、丁稚《でっち》や下男《げなん》、下女《げじょ》にいたるまで、全員縛り上げられていたそうです」

「ふうむ?」

「曲者《くせもの》たちは全員無言で、一人の頭《かしら》の下《もと》、命令一下、一糸《いっし》乱れず動いていたそうです。その頭だけが低い声で話したそうです。頭は主人に匕首《あいくち》を突き付け、大番頭に蔵を開けさせた。蔵の中に保管してあった千両箱数箱を担いで引き揚げて行ったそうです」

文史郎は訝った。

「しかし、無防備過ぎるのう。油断しすぎのように思うがな。渥美屋は万が一押し込み強盗に襲われた場合に備え、用心棒を雇って置くなど、手を打っていなかったのかね」

「一応、腕自慢の屈強な若い衆を雇ってはいたらしいのですが、寝込みを襲われ、全員が当て身《あみ》を食らわされ、気を失っていた」

文史郎は左衛門と顔を見合わせて笑った。

「まるで役に立たなかったのだな」

「はい。ただの大飯食らいだったのです」

権兵衛はにやっと笑った。

「それに懲《こ》りて、わしら相談人を雇いたいというわけだな」

「さようでございます」

左衛門が訊いた。

「さっきの話では、渥美屋の依頼を断ったそうだな。では、権兵衛殿は、わしらに、どの店の用心棒になれというのだ？」

「そこは相談ですが、一番高値の一人頭五十両を提示した蔵元の相馬屋《そうまや》さんは、いかがかと」

「相馬屋だと？　あの高利貸しか」

文史郎は左衛門と顔を見合わせた。

相馬屋の悪名は、藩主をしていたころに耳にしている。

権兵衛はにっと笑いながらうなずいた。

「相馬屋さんは、加賀《かが》や薩摩《さつま》など地方大藩の蔵物を扱っている蔵元で、最近は掛屋も兼ねている商店でございます」

蔵元は地方大藩の蔵屋敷で商品の売買を代行し、蔵物の出納《すいとう》にあたった商人だ。藩から扶持米《ふちまい》を給与され、年貢米《ねんぐまい》など蔵物の売却の口銭《こうせん》を収入にしていた。

掛屋は諸藩の大坂蔵屋敷の蔵物売却代銀を預かり、その豊富な資金を利用して諸藩の金融を用立てたりしていた。諸藩相手の金貸しである。

「相馬屋さんは、相談人様一人頭五十両出そうと申されています」

「権兵衛、いっておくが、余たちは金のためだけに用心棒をするつもりはない。困っている者を助けるのが務めだと思うておるのだからな」

「はい。分かっております。人助けのためでございますね」

「うむ。そうだ」

「それなら、やはり相馬屋さんだと思います」

「なぜかな？」

権兵衛はにんまりと笑った。

「実は相馬屋の番頭さんの話では、先日、表の戸に鼠の絵の半紙が貼り出されていたそうなんです」

「ほう。それが」

「はじめは、ただの悪戯《いたずら》だと思っていたらしいのです。ところが、渥美屋も襲われる直前に、表の戸に鼠の絵が貼り出されていたそうで、次はうちに押し込むという予告なんだろうと相馬屋は震え上がったのです。それで大至急うちに剣客相談人の力をお借りしたいといって来たのです」

「ほかの店には？」

「まだ、そのような絵は貼り付けられておりませぬ」

「なるほど」

文史郎は左衛門と顔を見合わせた。

「確かに、襲われる危険が差し迫っていそうだな」

「さようで」

「しかし、それなら、まずは奉行所に相談するのが先ではないか？」

「相馬屋さんも南町奉行所に相談したらしいのです。ところが、御役人は、まだ何も起こっていないのに出て行くわけにはいかない。それに、鼠の絵が貼ってあったからといって、いつ襲ってくるか分からないのに相馬屋だけ護《まも》るわけにはいかないというのです」

「いかにも役人がいいそうなことだな」

「ほかの蔵元や掛屋からも、同じような要請が奉行所に来ており、一店だけに捕り方を回すわけにはいかないのでしょう。それでなくても、最近、やたら辻斬《つじぎ》りやら追剝《おいは》ぎ、押し込み強盗が多く出没しており、少ない人数しかいない奉行所としては、いまのところ対処のしようがなくなっているのです。それで御役人たちは、剣客相談人に相談して助けてもらえといっているらしいのです」

権兵衛はほくほく顔で揉み手をした。

文史郎は腕組をした。

左衛門は心配気に文史郎を見た。

「殿、この際、相馬屋を助けるというのは？　非常に条件がいいのは、それだけ相馬屋が危険を感じて困っているからでしょう」

「そうだのう。ところで、権兵衛、わしらが相馬屋の相談に乗るとして、ほかの店からの相談はいかがいたす？」

「うちでは、お殿様たち以外にも腕が立つ御浪人を二、三人は存じております。その方々を紹介するつもりです」

「そうか。それはいい」

文史郎はうなずいた。

この不景気な折、自分たちだけが仕事にありつくのも気が引ける。食い扶持がない貧乏浪人たちにも、用心棒の仕事が回ってほしい。

「ですが、お殿様たちのように、実績があり、かつ信頼のできる御武家様は少のうございましてね。口入れ屋としては、やたら素性や得体《えたい》の知れぬ御浪人を蔵元や掛屋に送り込むわけにもいかないのです。万が一、そうした御浪人が盗賊と通じていたら、困りますものでね。その点、皆様剣客相談人様たちは違う。お殿様たちは、気品があり、武士の矜持《きょうじ》もおありです。ほかの口入れ屋とうちが違うのは、なんといっても、皆様がいらっしゃるからです」

権兵衛は大声で笑った。

左衛門は文史郎の顔を見た。目が、いかがですか、と訊いていた。よかろう。

文史郎はうなずいた。

左衛門は権兵衛に向き直った。

「分かりました。権兵衛殿、相馬屋の仕事を引き受けましょう」

「ありがとうございます。では、さっそくにも相馬屋さんにお知らせしましょう」

権兵衛は満面に笑みを浮かべた。

廊下に人の気配がした。

「旦那様、お茶をお持ちしました」

女の声がした。

「おう。待っていた。早く、こっちへ」

襖が開き、下女に替わって、淑《しと》やかなお内儀《かみ》が現れ、文史郎と左衛門に頭を下げた。

差し出された湯呑み茶碗から、玉露の薫《かお》りが立ち上っていた。

「さっそくだが、番頭さんを呼んでくれ」

「はい」

お内儀はうなずき、廊下に引き下がった。

四

権兵衛の案内で、文史郎と左衛門は、日本橋にある相馬屋を訪ねた。

相馬屋の店は、間口《まぐち》二十間はある大店だった。店先では、どこかの藩の留守居役《るすいやく》らしい武士や勘定方《かんじょうかた》の役人たちが大勢押し掛け、番頭たちと何ごとか商談をしている。

あちらこちらで算盤《そろばん》を弾く音がきこえた。

文史郎と左衛門が、権兵衛とともに、店内に入るや否《いな》や、知らせを受けた相馬屋の主人の忠衛門《ちゆうえもん》が番頭たちを従えて、あたふたと出迎えた。

相馬屋の忠衛門は愛想笑いをした。

「さあ、どうぞ、どうぞ、御上がりくださいませ」

忠衛門が先に立って案内し、文史郎と左衛門、権兵衛は奥の客間に通された。

「さっそくに用心棒を引き受けていただきありがとうございます」

忠衛門はあらためて文史郎と左衛門に挨拶した。

文史郎は忠衛門にいった。

「まずは表の戸に貼り出された鼠の絵というのを見せてくれぬか」

「はい。こちらに用意してあります」

忠衛門は後ろに控えた番頭を振り返った。

「嘉兵衛《かへえ》さん、お見せして」

「はい、旦那様」

嘉兵衛と呼ばれた番頭は、一枚の半紙を差し出した。左衛門が半紙を受け取り、文史郎に手渡した。

「どれ」

紙に黒々と鼠が描かれてあった。

「ほう。なかなか上手《じょうず》な絵だのう」

文史郎は左衛門に見せながらいった。

鼠は正面に顔を向け、鋭い前歯を剝《む》き出しにして威嚇《いかく》していた。細い目が吊り上がり、いかにも獰猛《どうもう》な面構えになっていた。

「これだけだったのかな？」

「はい」

忠衛門は小さくうなずいた。

「ほかに脅すような文言《もんごん》は付いてなかったのか？」

「ええ。ありませんでした」

忠衛門は振り向き、番頭に確かめた。嘉兵衛も首を左右に振った。

文史郎は鼠の絵をためつすがめつ眺めた。

「権兵衛、渥美屋が襲われる前に、店の戸に、鼠の絵が貼ってあったと申しておったな」

「はい。そうきいております」

「なぜ、賊は、わざわざ、このような鼠の絵を事前に戸に貼ったのかのう？　これから入るぞと事前に予告すれば、店は恐れて用心棒を雇ったりして、守りを固めように」

「確かに」

「確かに、そうでございますな。おかげさまで、うちは剣客相談人様に用心棒をお願いすることができましたので、大助かりですが」

　忠衛門は困惑した様子だった。

「いったい、鼠は何が狙いかのう」

　文史郎は腕組をして考え込んだ。

　左衛門は手を打った。

「殿、鼠の絵を貼り、店を恐れさせ、守りを固めさせることで、天下に己の名を広めようというのではないですかな」

「しかし、余たちのように、店の守りを掌《つかさど》ることになったら、鼠たちは襲いにくくなるではないか」

「だから、どこかでじっと様子を窺い、もし、店が彼らを侮《あなど》って、なんの手も打たなかったら、襲いかかろうというのでは？」

「なるほど」

　文史郎は左衛門の話に顎《あご》をしゃくった。

「この店を襲うぞ襲うぞとしながら、実は、ほかの店を襲う。うちには鼠の絵が貼られなかったから、鼠は襲って来ないだろうと油断しているでしょうからな。もし、爺が鼠ならそうしますな」

左衛門は、我ながら巧《うま》い推理だと悦《えつ》に入《い》ってうなずいた。

文史郎は大きくうなずいた。

「そうか。そうと分かったら、爺、すぐに南町奉行所へ行き、定廻《じようまわ》り同心の小島啓伍《こじまけいご》を呼んで来てくれぬか」

「殿、それがしも、いまの考えを小島殿に伝えようかと思ったところです」

「爺の考えは確かに一理ある。だが、小島に来てもらうのは、そのことよりも、相手のことを知りたいからだ。敵を知り、味方を知れば、百戦危うからずだ」

「…………」

「それから帰りに長屋に寄り、大門に至急相馬屋に来るように、言付けてくれぬか」

「はいはい。分かりました。さっそく爺が行って参ります」

左衛門は腰をとんとんと叩き、殿は人使いが荒い、という顔をしながら立った。

忠衛門が見かねていった。

「もし、お殿様、よろしかったら、うちの丁稚をお使いください。ご老体の左衛門様に、そのような子供の使いをしていただくのは、私どもも気が引けます。なあ、番頭さん、誰か使いを出してくれぬか」

「へい。丁稚の小吉《こきち》を行かせましょう」

　番頭の嘉兵衛は腰を浮かせた。

　左衛門はほっとした顔になった。文史郎が頭を左右に振った。

「忠衛門殿、番頭さん、心配無用だ。子供の使いでは駄目だ。奉行所の門番は丁稚の使いなど通してくれぬ。それに同心の小島は忙しい身だ。もし、来られないようであれば、爺が気を利かせて、小島から、いろいろと鼠のことを聞き出してくれる。のう、爺」

「それはそうです。子供の使いではありませぬからな。ですが、大門殿を呼びに行くのは、店の丁稚でも……」

「いや、駄目だ。爺、面倒だろうが、おぬしが大門のところへ行ってくれ。もし、長屋にいればいいが、きっと大門のことだ、仕事帰りに、どこかの居酒屋に寄って飲んでおろう。心当たりの飲み屋を探さないと、大門はいつ帰ってくるか分からないぞ」

　左衛門は頭を掻いた。

「確かに、そうですな。では、爺が行って参ります。なんの、年老いたとはいえ、まだまだ健脚ですぞ」

「うむ。頼む。その間に余は忠衛門殿に案内してもらい、店の外や内の様子を見て回っておこう。鼠たちが、どこから侵入して来そうか、おおよそ見当を付けておかんとな」

「分かりました。では、爺は行って参ります」

「ご苦労様です。左衛門様」

「よろしうお願いいたします」

権兵衛と忠衛門が頭を下げた。番頭の嘉兵衛も腰を上げ、左衛門の先に立って、店に出て行った。

文史郎は左衛門が出て行くのを見送りながらいった。

「忠衛門、さっそくだが、巻紙と筆、硯《すずり》と墨を用意してくれぬか」

「巻紙と筆、それに硯と墨でございますか？」

「うむ」

権兵衛が訊いた。

「何をなさるのでございますか？」

「あっちが、そういう考えなら、こっちも絵で答えてやろう」

「はあ？」

権兵衛と忠衛門はわけが分からず、顔を見合わせた。文史郎は笑いながら促した。

「まあ、いいから、巻紙と硯、筆だ。誰かに用意させてくれ」

忠衛門は立ち上がり、廊下に大声で叫んだ。

「番頭さん、店の内所《ないしょ》から、巻紙や筆、墨を持って来てください」

「へーい。ただいま」

番頭の嘉兵衛の声が返った。

やがて、番頭に率いられた手代や丁稚が、文机《ふづくえ》や巻紙、それに硯箱一式を運んできた。

文史郎は設《しつら》えられた文机の前に座った。

墨を摺《す》りながら、しばし沈思黙考《ちんしもっこう》する。

権兵衛が机の上に巻紙を拡げ、文鎮《ぶんちん》で隅をおさえた。

文史郎は筆を握ると、筆に硯の墨をたっぷり含ませた。

おもむろに筆の先を巻紙の上に置いた。繊細な筆使いで、すらすらと黒々とした生き物の絵を描いた。

権兵衛と忠衛門、番頭の嘉兵衛が固唾《かたず》を飲んで見守った。

「さあ、出来たぞ」

文史郎は巻紙を拡げ、絵柄に見入った。

先の尖《とが》った両耳を立て、ぎょろりと大きな目を剝《む》いた黒猫だった。両の口許にぴんと長い髯《ひげ》が生えている。

にゃあと鳴きそうな半開きの口。二本の鋭い牙《きば》がちらりと覗いている。尻尾《しっぽ》を背後にぴんと立て、背を高く丸めている。

猫はいまにも獲物に飛びかかりそうに身構えている。

我ながらなかなかの出来だ。

権兵衛が感嘆の声を上げた。

「これはこれは驚いた。お殿様には、剣だけでなく、絵の筆も巧みにお使いになられるのですね」

忠衛門も感心した。

「いや、ほんとにすばらしい。まるで、いまにも飛び出して来そうだ。お殿様、これはすぐにも掛け軸にもなりましょう。我が家の家宝にいたしましょうぞ」

文史郎は笑った。

「やめてくれ。これは、ほんの手遊び。こんな絵を家宝にされては恥をかく。それに、この絵は鼠小僧への返答だ。今日から、表の戸に貼り出すがいい」

「さようで、ございますか」

「もう一つある」

文史郎は、今度は巻紙を縦にした。筆をたっぷりと墨に浸け、大胆に筆を走らせた。

「これでよし、と」

文史郎は筆を置くと、巻紙を手に持って掲げた。

『剣客相談人御立寄所《たちより》』

太い楷書《かいしょ》で、墨の痕《あと》も生々しく大書《たいしょ》してある。

「忠衛門、これを店先の一番目立つ場所に貼るがいい」

「ははあ。ありがとうございます」

忠衛門は頭を下げ、両手で巻紙を恭《うやうや》しく受け取った。

権兵衛が感心したようにいった。

「お殿様、これは厄除《やくよ》けの札みたいなものですな」

「うむ。安心はできぬが、鼠もこの店を襲うときには、相当の覚悟をいたすであろう」

「いやはや、なんとも心強いこと。ありがとうございます」

忠衛門は嘉兵衛といっしょになって、うれしそうに笑った。

文史郎は筆を硯箱に仕舞うと、忠衛門に向き直った。

「さっそくだが、忠衛門、店や奥の部屋の間取り、庭や家屋の配置、屋根の具合などを見せていただこうかな」

「はい。畏まりました。では、番頭さん、ご説明して」

忠衛門は嘉兵衛に向いていった。

「へい、旦那様。では、お殿様、ご案内します」

嘉兵衛は腰を上げた。

五

南町奉行所の定廻り同心小島啓伍が、相馬屋に文史郎を訪ねて来たのは、その日の夕方のことだった。

口入れ屋の権兵衛は、店に引き揚げたが、まだ左衛門は帰って来ず、大門も姿を見せなかった。

日が落ちて、あたりが薄暮に覆《おお》われはじめていた。相馬屋は表の戸を閉め、総出で店仕舞《じま》いをしていた。

「忙しい中を、ご苦労であった」

「左衛門様から、おききしました。相談人様御一行は、相馬屋に乗り込み、鼠退治をなさるという噂で持ちきりですよ。それも、我々奉行所が、たくさん事件を抱えており、手が回らないのがいけない。そんななか、相談人の皆様が、拙者たちの手助けをしてくれるというのでしょう？　ありがたいことでございます」

　文史郎は店先を見回した。

　店主の相馬屋をはじめ、番頭、手代が丁稚たちにあれこれ指示を飛ばして、店の片付けをしている。

「ここでは、なんだ。近くに一杯飲み屋か、水茶屋があろう。軽く飲みながらでも、話をしよう」

「ございます。日本橋界隈《かいわい》は、粋《いき》な店も多々ありましてね。お殿様もお気に召すのでは。ご案内いたしましょう」

「あまり遠くには行けぬぞ。誰かが呼びに参ったら、すぐ戻らねばならぬ」

「分かっております。ですが、ああ、堂々と剣客相談人御立寄所という札と、鼠の天敵の猫の絵が貼られた店に、鼠たちも、おいそれと襲うとは思えません」

　小島は大黒柱に貼られた『剣客相談人御立寄所』の札と、番頭が表の戸に貼ろうとしている猫の絵を見ながら頭を振った。

文史郎は小島と連れ立って店の外に歩き出した。

小島が文史郎を案内した先は、掘割に面した瀟洒《しょうしゃ》な水茶屋『水仙《すいせん》』だった。

「おいでやす。ようこそ、お越しやす。小島はん」

「女将《おかみ》、本日は、お殿様をお連れした」

「まあ、おおきに。おいでやす。どうぞ、ごゆるりとお遊びくださいませ」

文史郎と小島は、色白で、いかにも男好きがしそうな女将に迎えられ、二階の座敷に通された。障子戸を開ければ、掘割の水面が見下ろせる。

どこかで芸者が三味線を爪弾《つまび》く音が流れてくる。

爽《さわ》やかな川風が部屋に入ってくる。

落ち着ける、いい店だ。

文史郎は穏やかな気持ちで、小島と向かい合った。

すぐに女将と女中が黒塗りの蝶足膳《ちょうあしぜん》を運んで来て、文史郎と小島の前に据えた。

「ま、お一つ」

女将は文史郎の盃に、お銚子を傾けた。

かすかに樽酒《たるざけ》の薫りが立ちのぼる。

「下《くだ》り酒にございます」

「そうか」

文史郎は酒を口にした。小島が盃に酒を受けながらいった。

「女将、悪いが、少々、お殿様と内密の話がある。しばらく下がっていてくれぬか」

「はいはい。承知いたしました。お話が終わりましたら、ぜひ、お声をかけておくれやす」

女将は愛想笑いをし、女中を引き連れ、階下への階段を降りて行った。

「殿、左衛門様から、おききしました。拙者が知っておりますことなら、なんでも包み隠さず、お話しいたします」

「最近、鼠小僧次郎吉の一味が、江戸の夜の町を荒らし回っているようだが、ほんとうに鼠小僧次郎吉なのか？」

「そこのところは、まだ分かりません。仲間の誰か一人でも取っ捕まえれば、吐かせることができるんですが」

「しかし、鼠小僧次郎吉は獄門に懸けられて死んだのではなかったのか？」

「はい。十年前に処刑されています。拙者も同心見習いになったばかりのときで、この目で首を検分しております」

「ならば、いまの鼠小僧次郎吉は偽者か？　それとも、巷間《こうかん》、囁《ささや》かれているように、あの世から甦ったというのか？」

「まさか、死んだ人間が甦るなんてことはないでしょう」

「では、偽者なのか？」

「偽者というより、鼠小僧次郎吉の名前にあやかり、貧乏長屋に金子をばらまいたりして、義賊を気取っているのではないかと見ています」

文史郎は訝った。

「以前の鼠小僧次郎吉は、たしか武家屋敷に忍び込み、金品財宝を盗んだときいたが、狙うところを変えたのかな？」

「そうなのです。今度の鼠小僧次郎吉は武家屋敷ではなく、金持ちの商家を襲っています。それが、前の鼠小僧次郎吉との大きな違いですね」

「瓦版で札差の渥美屋が、鼠たちに襲われたと知ったが、ほかにも襲われているのか？」

「これは内密にお願いしたいのですが、渥美屋以前にも、分かっているだけで、四軒が鼠の被害に遭《あ》っているらしいのです」

「なに、四軒もか？」

「はい。いずれも札差や蔵元ばかり」

「どこの店が襲われたというのだ？」

「札差の松島屋《まつしまや》、田代屋《たしろや》、蔵元の越前屋《えちぜんや》、大坂屋《おおさかや》です」

「鼠の手口は？」

「深夜、家人が寝静まったところ、先に鼠が密かに忍び込み、中から戸を開けて仲間たちを引き入れる。そこで、主人夫婦たちを縛り上げ、刃物を突き付けて、番頭に蔵を開けさせる。そうやって蔵を破り、金子を盗み出す」

「人に危害は加えられないのか？」

「実は鼠たちの中に、腕の立つ侍が何人かいるようなのです」

「ほう。侍が？」

「田代屋の場合、腕自慢の旗本の若侍二人を用心棒に雇っていたらしいのですが、あっという間もなく、峰《みね》打《う》ちで斬り伏せられた」

「ほほう」

「蔵元の越前屋、大坂屋も、松島屋や田代屋が襲われたのを知り、取引先の地方藩の藩士数名が常駐していたのですが、襲って来た鼠の仲間たちに苦もなく、斬られてしまった。斬られた藩士は、命こそ助かったが、面目《めんぼく》を失い、二人が切腹、残る数名も扶持を減らされるなどの処分を受けています」

「荒っぽいな。昔の鼠は少人数で、人を斬ったりはしなかったが」

「そうですね。昔の鼠とは、そこが違っています」

「それで奪われた金子の額はいかほどか？」

「いずれの店も黙っていて、ほんとうのことは分からないのですが、おそらく七、八百両というところではないかと思います」

「七、八百両といえば、たいそうなお金だが、なぜ、いずれの店も盗まれた金子の額をいわないのだ？」

「どの店も襲われたこと自体を隠してましてね。だから、いくら盗まれたのかについても、あまり喋らないのです。店の暖簾《のれん》に傷をつけたくないのでしょう」

「しかし、今度の渥美屋への押し込み強盗は、表に出たな」

「読売が、どこかで事件を嗅ぎ付けて、瓦版に書いたからです。それで渥美屋は隠しきれなかったのです」

「渥美屋は、瓦版によると千両箱を何箱もやられたとあったが」

「我々の調べでは三箱三千両です」

「三箱も」

文史郎は溜め息をついた。

小島は声を低めた。

「それなのに妙なのです。貧乏長屋に配られた金子は五百両にもならないのです」

「盗まれた金額に比べて少ないというのか？」

「もっとも、配られた長屋の住人たちは、鼠小僧次郎吉様様で恩義を感じているらしく、一様に口が堅くて、配られた金子がいくらかなのか、いわないのです」

「ははは。いえば、せっかく貰った金子をお上《かみ》に取り上げられると思ったからだろう」

「ま、それもありましょうが」

小島は頭を振った。

「それにしても、盗られた三千両、それ以前に四軒の店からのおおよそ二千両から三千両。全部合わせて五、六千両もあるはずなのに、そのほんの一部しか貧乏人に配られていない。義賊と称しているが、今回の鼠小僧次郎吉は、どうも前の鼠小僧次郎吉とは違うように思うのです」

小島は義憤に駆られた顔でいった。

文史郎は盃を膳に置いた。

「吝嗇《けち》だというのか？」

「そうです。強欲です」

「盗賊に吝嗇も強欲もあるまい」

「拙者、以前の鼠小僧次郎吉は、義賊として尊敬するのですが、今回の鼠小僧次郎吉にはどうも共感できません」

文史郎は小島の盃に銚子を傾けた。小島は恐縮した。

「渥美屋は用心棒を雇っていなかったのかい？」

「渥美屋も腕が立つ浪人を二人雇っていたそうなのですが、その二人のうち一人が鼠の仲間だったらしく、そいつが夜中に手引きして、まんまと仲間を店内に引き入れた。結局、鼠に裏をかかれたというわけです」

小島は文史郎の盃に銚子の酒を注いだ。

文史郎は盃を口に運びながらいった。

「小島、昔の鼠小僧次郎吉についての調書があろう。調べてくれぬか。いまの鼠小僧次郎吉を捕らえる上で、何か示唆するものがあるかもしれぬ」

「どのような？」

「いまの鼠小僧次郎吉は、昔の鼠小僧次郎吉の仲間か、あるいは縁者かもしれない。それから……」

文史郎は酒を飲み干した。

「鼠小僧次郎吉は獄門に懸けられたことになっているが、ほんとうに死んだのか否か。調書を調べてくれぬか？」

「なんですって？　鼠小僧次郎吉は生きているかもしれないとおっしゃるのですか？　その根拠は？」

「ははは。根拠はない。ただ、なんとなくそう思っただけだ」

「分かりました。それがしも、鼠小僧次郎吉には、非常に興味があります。調書を調べてみましょう」

小島は大きくうなずいた。

六

文史郎は相馬屋へ千鳥足《ちどりあし》で戻った。

あたりは夜陰に包まれていた。

相馬屋だけでなく、日本橋界隈《かいわい》の店という店は戸を固く閉めていた。

文史郎は苦笑した。

戸に文史郎が描いた猫の絵が麗々《れいれい》しく貼り出されていた。

相馬屋の客間では、髯の大門甚兵衛が左衛門といっしょに夕飯を終えたところだった。

「殿、いかがいたしました?」

「小島殿から何かいい話を訊き出しましたか?」

「うむ」

文史郎はどっかりと座り、二人に小島からきいた話をした。

「そうですか、鼠の中に、腕が立つ侍がいるというのですか」

大門は髯を撫で付けた。

文史郎はうなずいた。

「何人か分からぬが、侍がいる。用心せねばなるまい」

左衛門がいった。

「やはり襲ってくるとしたら、夜中ということですな」

文史郎はうなずいた。

「そう。店の奉公人たちが寝静まってからだ」

「丑三つ刻ということですな。殿がお帰りになる前に、大門殿と見て回りました。結論としては、鼠はまず屋根伝いにやって来て、破風《はふ》を外し、屋根裏に忍び込むのではないか。それから、階下に降りて表の戸を開け、仲間を引き入れる。それが一番ありうると思いましたが、殿は、いかが思われましたか」

　左衛門は文史郎に向いた。

「うむ。余も、そう思う」

「鼠たちの侵入を未然に防ぐには、まず最初に忍び込んでくる鼠を退治すればいいかと思います」

「しかし、左衛門殿、屋根を見張るのは難儀ですぞ。我々も足場が悪い屋根か、屋根裏に張り込むことになる」

　大門が顎の髯をしごいた。左衛門が頭を振った。

「致し方あるまい。ほかに手がなければ」

「余に別の考えがある」

　文史郎は腕組をしていった。

「殿、どのような？」

「もし、鼠が襲ってくるとしたら、その仲間が店の外の近くに集まろう。それを見張ればいい」

「なるほど。夜中に不審な連中が集まり出したら、出入口を守ればいいわけですな」

「いや、守るだけでは弱い。もし、鼠の仲間たちが集まる気配があったら、その仲間たちを逆に襲って叩く。何人かを捕まえて、捕り方に引き渡す」

「なるほど。先制攻撃で鼠たちを蹴散らし、二度と再び、押し込みなんかをやろうと思わぬくらいに叩き潰すというわけですね」

「それくらいやらねば懲りぬだろう」

文史郎は左衛門と大門を交互に見ながらいった。

七

それから三日が何ごともなく過ぎた。

小島啓伍からは、なんの知らせもない。

鼠たちが騒いでいる気配はない。おそらく、次の獲物を狙い定めて、息をひそめて窺っているのに違いない。

その後、読売《よた》たちの瓦版にも、次はどこが鼠小僧次郎吉に狙われるか、というような、いい加減な与太記事を書き飛ばすだけで、鼠たちの動きは書かれていない。

小島からきいた渥美屋の前に襲われた四店についても、瓦版には書かれていない。読売たちも、まだ聞き及んでいないらしい。

　文史郎たちは、襲われる恐れのない昼間は、交替で相馬屋に三人のうち一人を残し、長屋へ帰って休んだり、弥生《やよい》の道場へ出掛け、門弟たちに稽古をつけたりしていた。

　その日の昼過ぎ、文史郎は左衛門を従え、安兵衛店への路地の出入口近くまで来た。ふと足を止め、手で左衛門を制した。

「爺、待て」

　左衛門が何ごとか、と文史郎の顔を見上げた。

「…………」

　文史郎は左衛門の袖を摑んで天水桶《てんすいおけ》の陰に引き込み、顎で長屋木戸を差した。

　木戸の両脇に、尻端折《しりはしょ》りした若い男が二人、所在なさそうにぶらついている。時折、二人は安兵衛店から誰かが出て来るのを待っているかのようにちらりちらりと覗いていた。

　二人とも風体《ふうてい》から、普通の仕事についている人間とは違う、崩れた人間特有の胡乱《うろん》な臭いを放っている。

「この辺で見かける男か？」

「いや。見かけたことのない輩《やから》ですな」

安兵衛店から、顔見知りのおかみたちが二人手桶を抱えて出て来た。

男たちはおかみたちに背を向け、顔を合わせないようにやり過ごしている。

おかみたちも、男たちを不審に思ったのか、おしゃべりをするのをやめ、足早に男たちの傍を通り抜けた。

通りに出ると、おかみたちは男たちを振り返り振り返り、男たちについて何ごとか話している。

おかみたちは天水桶の傍を通り過ぎようとした。左衛門が二人に声をかけた。

「ちょっと、留《とめ》さんと節《せつ》さん」

「あら、お殿様と左衛門様じゃないか」

「やだねえ。二人して、そんなところにこそこそ隠れて。いったい何しているんだい?」

「しっ」

文史郎は口に人差し指を立て、留と節を黙らせた。

「なんです?」

「お留さん、お節さん、二人とも、ちょっと、こっちへ来てくれぬか」

文史郎と左衛門は留と節を店の陰に連れ込んだ。

二人は一瞬驚いた顔をしたが、素直に従った。

「おぬしら、木戸のあたりに屯《たむろ》している男たちを存じておるのか？」

「やだねえ。殿様、あんな六方《ろっぽう》（無法者）を存じているも存じてないもないでしょう。知らないに決まってますよ」

「お殿様、このごろ、あいつら、しょっちゅう、長屋周辺をうろついているんですよ。気味が悪いったらない」

「ほんとほんと。そのうち、あいつら、長屋に押し入るじゃないかって、みんな、恐がっているんですよ。追っ払ってくださいな」

「あの二人は、いったい誰を見張っているというのだ？」

「見張っているですって？」

留と節は互いに顔を見合わせ、くすくすと笑った。

「もし、誰かを見張っているというなら、お殿様たちに決まってますよ」

「どうしてかな？」

「だって、お殿様は剣客相談人でしょう？　これまで取り扱った揉め事で誰の恨みを買っているか分からないものねえ」

留と節は鉄漿《かね》に染まった歯を見せて笑った。

それはそうだな、と文史郎は内心思った。

いわれてみれば、自分たちに恨みを持っている輩がいないわけではない。逆恨みした誰かが、仕返ししようと張り込んでいるのかもしれない。

節がふと思いついたようにいった。

「お殿様、あいつら、もしかして、数日前に引っ越して来た源七さん父娘《おやこ》を見張っているんじゃやないだろうか」

「ほう。どうして、そう思う？」

「だってね。あの父娘が長屋に引っ越して来てから、あいつら、しばしば長屋の近所で見かけるようになったものね」

「お節さん、きっとそうよ。あいつら、昨日、ずうずうしくも長屋の細小路に入って来て、お福さんたちに、最近、この長屋に男親と娘の二人が越して来なかったか、と尋ねたらしいよ」

「ほほう」

「その口の利き方が、あまり乱暴でいけすかなかったから、お福さんとお米さんが腹を立てて、相手にしなかったら、あいつら、勝手に長屋を覗いて回ろうとした。怒ったお米さんとお福さんは、心張り棒を持って、すぐ長屋から出て行け、番太《ばんた》を呼ぶぞ、とどやしつけた。そうしたら、あの二人はお福さんたちの剣幕《けんまく》に恐れをなして、こそこそ退散したということでした」

「ほう。そんなことがあったのか」

文史郎と左衛門は笑った。

「殿、あのお米さんとお福さんをほんとうに怒らせたら、恐ろしいでしょうからな」

「うむ。確かに」

留が木戸の方を覗いていった。

「その二人が、今日もまた長屋の木戸の前に現れただなんて、懲りない連中だねえ」

文史郎は腕組をした。

あの二人組は、源七とお久美親子を捜している？

なぜ？

文史郎は考え込んだ。

あの親子は、やくざ者に追われるような、何かわけありなのだろうか？

もっとも、あの二人が捜しているという親子が、源七お久美の親子であるとは限らない。違う親子ということもある。

左衛門が文史郎に囁いた。

「殿、では、あの連中、鼠の手下ではないということになりますな」

「ま、そうなるな」

「それがしは、あの二人が、てっきり鼠の一味かと思いましたよ。それで相馬屋の用心棒をしている自分たちを見張っているのかもしれないと」

「え、まさか。そんなわけないわよ」

留が素《す》っ頓狂《とんきょう》な声を上げ、慌てて口を押さえた。

節も頭を振った。

「そうよ。お留さん、あの二人が鼠小僧次郎吉様の手下のはずがない」

「そんなはずはないよねえ」

二人のおかみは笑いながら、小声で囁き合い、あたりを見回して誰もきいていないのを確かめた。

文史郎は節と留の二人を見ながら笑った。

「おぬしたち、今日はなんか変だのう。わしらに何か隠しておらぬか？」

節と留はまた顔を見合わせ、にやにやした。

「まあ、隠し事だなんて、ねえ、お留さん」

「お殿様たちも長屋へお帰りになれば、きっとお福さんたちが教えてくれますよ。それまでお楽しみに。ねえ、お節さん」

「ほう。楽しみねえ」

悪いことではなさそうだな、と文史郎は思った。

「さ、私たちは湯屋に行きましょう。ぐずぐずしていると、湯屋が混んでしまうわ」

「じゃあ、お殿様、左衛門様、失礼」

節と留は、一礼すると、いそいそと手桶を抱えて湯屋の方に歩み去った。

「いったい、なんの楽しみだというのか」

文史郎は左衛門と顔を見合わせて首を傾げた。


文史郎と左衛門はわざとのんびりとした足取りで、安兵衛店の木戸に向かった。

二人の男は目敏《めざと》く文史郎と左衛門を見付けると、背中を向けて、あらぬ方角を見て嘯《うそぶ》いていた。

通りすがりに文史郎は二人に声をかけた。

「そこの二人、数日前から長屋の周辺をうろついているらしいな。いったい、誰に用があるのだ」

「……………」

二人はぎょっとして文史郎と左衛門を見た。

「誰にも用なんてねえよ」

「だったら、なぜ、ここで見張っている？」

「なんも見張ってなんかねえ」

町奴たちは鼻白《はなじろ》んだ声を立てた。

左衛門が訊いた。

「だったら、なぜ、ここに立っているのだ？」

「爺さん、立っているのは、おれたちの勝手だろう？　ここは天下の公道だ。立っていても、文句をいわれる筋合いはねえ。ふん」

町奴の一人は左衛門と文史郎に流し目し、鼻先で笑った。

「目障《めざわ》りだ。長屋の住人からも苦情が出ている。即座に立ち去れ」

「へん。爺さんの出る幕じゃあねえや」

「怪我しねえうちに、引っ込んでいな」

町奴たちは嘲《せせ》ら笑った。

「どうしても立ち去らぬというのだな。だったら斬る」

文史郎は刀の鯉口《こいぐち》を切った。左衛門も刀に手をかけた。

町奴たちの顔色が変わった。

「分かったよ。行きゃあいいんだろう？」

「今日のところは引き揚げてやらあ。それでいいんだろう？　サンピン」

町奴たちは虚勢を張り、肩を怒らせて、引き揚げようとした。

左衛門が怒鳴った。

「待て。そこの二人。殿に向かって、なんと無礼な。この場で斬り捨てようぞ」

左衛門はすらりと刀を抜いた。

「うわっ」

二人の町奴は脱兎《だっと》のごとく駆け出した。

「覚えていろよ。ジジイ」

町奴たちは捨て台詞《ぜりふ》を投げ、通りの角に姿を消した。

文史郎は左衛門にいった。

「いまの様子から見て、あの男たちはどうやら、拙者たちを見張っていたのではなさそうだな」

「はあ。それにしても逃げ足の速い輩です」

左衛門は刀を静かに鞘《さや》に戻した。

「あやつら、あそこで、いったい、誰を見張っていたのかのう」

文史郎と左衛門は話しながら木戸を潜り、安兵衛店の細小路に足を踏み入れた。

心張り棒を持ったお福とお米が、行く手に立っていた。二人の後ろから長屋のおかみたちが恐る恐る顔を覗かせている。

「ああ、よかった。お殿様と左衛門様、お帰りなさい」

お福とお米はほっとした顔でいった。

「この騒ぎは、いったい、どうしたというのだね」

「いえねえ、殿様、木戸の前あたりで、昨日、私たちが追い払ったごろつきたちが、まだうろちょろしているときいたんでね」

「そのうち、斬り合いが始まったというんで、もし、長屋へ入って来たら、どうやって叩き出そうか、みんなで話していたところなんですよ」

「みんな、お殿様がお戻りになったら、もう安心だ」

お福とお米は後ろから心配そうに覗いていたおかみたちと笑い合った。

「お殿様と左衛門様が、やつらを追い払ってくれたんだろ?」

「そうよ。よかったねえ」

「これで安心。ほんとよかったよかった」

「お殿様たちがいれば、あいつらなんか恐くないもんね」

おかみたちは口々にいい、喜び合った。

文史郎は笑いながら訊いた。

「お福、お米、いったい、どうしたというのだ？　みんな、いつもと違うじゃないか」

左衛門も笑った。

「皆さん、ほんとに嬉しそうな顔をしている」

「さっき、湯屋に行く途中のお節さんやお留さんに偶然遭ったら、長屋に何かいいことがあったらしいじゃないか。帰ってのお楽しみといわれたが、何があったのだね」

お福とお米は顔を見合わせて笑った。

「そうか。お殿様たちは、まだ知らないんだ」

「さっそく教えてあげなければ」

お福があたりを見回し、文史郎に耳打ちした。

「殿様、今朝ねえ。長屋の各戸に、金子《きんす》が放り込まれていたんだよ」

「なに？　金子が放り込まれただと」

「殿様、声が高い」

「黙って！」

お米が文史郎の口を手で塞《ふさ》いだ。左衛門が慌ててお米を止めようとした。

「お米、殿に対してなんということをする」

文史郎が左衛門を手で制した。

「爺、いい。大声を上げた余が悪かった」

文史郎はお福に向き、小声で訊いた。

「それで、いかほどの金子が放り込まれたというのだ？」

「それがね、殿様。なんと各戸に一両ずつだったんですよ」

お福はほくほくした顔でいった。

「全戸に、一両ずつだと？」

「はいな」

お福はうなずいた。

文史郎は左衛門と顔を見合わせた。

「きっと殿様のところにも放り込まれているはずだよ」

お福とお米、近所のおかみたちは口々に小声でいった。

「そうか。お殿様は、まだ何も知らないんだ」

「そうだよ。お殿様たちは、数日前から、家に戻ってないんだもの。今朝のことなど、知ってはいないさ」

お福とお米が、文史郎に長屋を調べるように促した。

「さあ、お二人とも部屋に入った入った」

文史郎と左衛門は、お福とお米に背中を押されるようにして、自分たちの長屋の油障子戸を引き開けた。

「あるだろう?」

「あるはずよ」

お米とお福は文史郎と左衛門を押し退けるようにして土間に入った。お福は土間から何かを拾い上げ、文史郎に差し出した。

「ほら、これこれ」

金色に光り輝く一両小判だった。

「これは小判。いったい、誰が、どうしてこんなことを?」

お米が文史郎の耳に囁いた。

「殿様、瓦版にもあったでしょ。鼠小僧次郎吉様ですよ。鼠小僧次郎吉様が、安兵衛店の貧乏人のうちらを見て、少しでも助けようとお金をくれたというわけですよ」

「鼠小僧次郎吉が？」

「はいな。鼠小僧次郎吉様は、さすが義賊だねえ」

お福はナンマイダ、ナンマイダと口の中で感謝の念仏を唱えた。

「お殿様、これはお殿様たちの一両ですよ」

お福は拾った小判を文史郎に差し出した。

文史郎は金色に輝く小判を受け取った。さすが小判はずっしりと重い。

文史郎は小判をためつすがめつ眺めた。

本物だ。

「しかし、ほんとにみんなのところにも、配られたのだろうな？」

「はい。全戸にくばられた」

お福は戸口から覗いているおかみたちに同意を求めた。おかみたちは、口々に間違いない、といった。

「……………」

文史郎は手にした一両を左衛門に渡した。

お米が合掌《がっしょう》しながらいった。

「長屋のみんなは、もう鼠小僧次郎吉様様です。神様、仏様、次郎吉様。ほんとにありがたい」

「殿、いかがいたしましょう？」

左衛門が囁いた。

「ううむ」

「もし、この小判が、渥美屋から盗まれた金子だとしたら、黙って受け取っていいものかどうか。奉行所に届けないと、まずいのではないか、と思われますが」

「なにをいうんだい」

お福が左衛門に詰め寄った。

「うちに放り込まれた物は、誰がなんていっても、うちのもんだよ。わたしゃ、奉行所なんかに渡しゃしないよ。ええ。絶対に手放すもんか」

「そうだそうだ」「返すなんてとんでもない」

傍らできいていたおかみたちが口々にいった。

お米も血相を変えていった。

「そうだよ。殿様、これは天からの授かり物だ。そりゃ鼠小僧次郎吉様が分けてくれたかもしれないが、神様から頂いた物をお上に差し出すわけにはいかないね。へ、左衛門様、あんたは、日ごろから頑固《がんこ》だとは思っていたが、そんなことをいう石頭のこんこんちきだったのかい。見損なったね」

「そうだよ。頑固じじい」

「同じ長屋に住みながら、貧乏人の気持ちが分からない石頭め」

「お上の味方は、長屋から出て行きな」

おかみたちは殺気立ち、口々に左衛門に文句をいった。

「何をいう。ただ、拙者は正論をいったまでだ。奉行所に届けないといけない、とはいったが、金子をお上に返せとは申してないぞ」

左衛門はたじたじとなりながら、文史郎に救いを求めた。

「まあ、みんな、待ちなさい。落ち着いて」

文史郎は両手を上げ、おかみたちを宥《なだ》めた。

お福がおかみたちにいった。

「みんな、お殿様がいうことをききな。お殿様なら分かってくれるよね」

「うむ。みんな、放り込まれた金子は、返すことはない。せっかくだから、ありがたく貰っておけ。余も貰っておく」

「そうだよ。やっぱ、お殿様は違うね。長屋のあたしたちを分かってくれている」

「よかったよかった」

おかみたちの顔が安堵の表情になった。

反対に左衛門は苦々《にがにが》しい顔をしていた。

「ただし、爺がいうことにも一理ある。だから、皆の衆にいっておく。一両ずつ放り込まれていたことは、いっさいなかったことにして、口外しないことだ」

おかみたちは安堵の声を洩らし、どっとどよめいた。

「やはり、殿様は話が分かる。洩らさないよ、金輪際《こんりんざい》」

おかみたちは口々に言い出した。

「あたしゃ、喋らないよ。誰が一両貰ったなんて喋《しゃべ》るもんか」

「誰だい？　金子が放り込まれていたなんていう奴は」

「……さん、とぼけるのが上手《うま》いねえ。その手で、亭主に分からぬようにへそくりを作るってわけだね」

「そう。この一両は、わたしの物。亭主に洩らしたら、それこそ、吉原《よしわら》へでも行って、一晩もかからずに消えてしまうよ。そうはさせないからね」

どっと笑いが起こった。

お福は満面に笑みを浮かべていった。

「さあ、殿様が公認なさったんだ。みんな、安心して一両を持ってな。天からの贈り物を大事にしましょ」

文史郎はうなずき、左衛門を見た。

左衛門は憮然《ぶぜん》とした顔でいった。

「殿ばかり、いい顔して。爺だって、せっかくのこの一両、絶対に手放すつもりはありませんからな」

「分かった分かった」

文史郎はいいながら、ふと刺すような鋭い視線を感じ、その方角に顔を向けた。

おかみたちの後ろに、そっと控えた娘のお久美の怒ったような白い顔があった。

お久美は文史郎の目と遭うと、そっと目を外した。お久美は踵《きびす》を返し、おかみたちの輪から離れて行った。

お、お久美の怒った顔もなかなか綺麗ではないか。

しかし、お久美は、なぜ、怒っているのだ？

文史郎はお久美の気持ちを慮《おもんぱか》り、喜ぶお福やおかみたちの騒ぎが鬱陶しくなった。

第二話　必殺八方陣

一

安兵衛店に夜の帳《とばり》が下りた。

昼間の騒ぎがまるでなかったかのように静まり返っている。

戸口に月影を背にした二つの人影が現れた。

「もし、お殿様。こんな夜分にお訪ねして申し訳ありません。お隣のお福さんにいわれて参りました。昼間、あっしらがご迷惑をおかけしたようで、あいすいません」

鳶《とび》の印半纏《しるしばんてん》を着込んだ源七が、静かに頭を下げた。お久美もいっしょにお辞儀をしている。

「おう。源七さん、それにお久美さん。どうぞどうぞ。狭いところだが、まず中へ入ってくれ」

台所から顔を出した左衛門が、二人を出迎えた。

源七は仕事帰りらしく、仕事着の半纏も着替えず、とりあえず駆け付けた様子だった。

源七は歳こそ五十台だが、見るからに精悍《せいかん》で、しかも、どっしりと落ち着いた風格のある男だった。

厳《いか》つく顎の張った顔は赤銅色《しゃくどういろ》に日焼けしている。意志の強さを示す太くて濃い、真一文字の眉毛。その下の切れ長の細い目。

細身だが筋肉質の引き締まった体付きをしており、いかにも年季が入った鳶職であるのを窺わせた。

もし、渡り職人でなければ、その風格や貫禄から見て、大勢の鳶職を率いる頭領といってもおかしくない。

娘のお久美は湯上がりの浴衣《ゆかた》姿だった。襟足《えりあし》が夜目にも白く、若い女特有の艶《つや》があった。それでいて、浴衣の着こなしが清楚《せいそ》で初々《ういうい》しい。

お久美は、厳つく顎の張った顔の源七とは似ても似つかぬ、優しくて美しい顔をしていた。目鼻立ちがはっきりとしていて、化粧気のない顔にもかかわらず、大勢の中にいても人目を惹《ひ》く。

いい親子だな、と文史郎は目を細めた。

「二人とも上がってくれ」

文史郎は二人を部屋に上がるように促した。

「畏れ多過ぎます。あっしらはこちらでも」

「遠慮するな。そこでは話が見えぬ」

狭い部屋なので、膝を突き合わせて座ることになるが、話はしやすい。

「いま、行灯《あんどん》に灯を入れます」

左衛門が行灯に種火を入れて灯《とも》した。

部屋の中がほんのりと明るくなった。

「こんな汚れたままの格好で来てますんで」

「いいから。殿もああいっておられる。遠慮せずに上がりなさい」

左衛門が笑いながらいった。

源七はお久美を見た。お久美は源七に上がりましょう、と目でいっていた。

「では、お言葉に甘えまして、失礼いたします」

源七は恐縮しながら、お久美を促し、おずおずと部屋に上がった。

源七とお久美は畳の上に正座し、あらためて手をついて文史郎に頭を下げた。

「この度は、お殿様にお目通りさせていただき、ありがとうございます」

「ははは。もう挨拶はなしだ」

文史郎は笑い、すぐに本題に入った。

「実はな、最近、風体よからぬごろつきが、長屋の周辺をうろちょろするようになったというのだ。しかも、そいつらが長屋のおかみたちに、おぬしたち親子について、名前や素性を尋ねていたそうなのだ」

「……あっしたち親子のことをですかい」

源七は訝しげに顔をしかめた。

「そうでございましたか。長屋の皆さんにご迷惑をおかけして、まことに申し訳ございません」

「もちろん、長屋のおかみさんたちのことだ。怪しい風体の連中に、おぬしたちのことをべらべらしゃべるわけはない。だから、それは安心するがいい」

「へい」

「だが、おかみたちは、得体の知れぬごろつきが長屋の周辺をうろつき回るのに不安がっている。それで、一応、おぬしたちに、いったい、どういう事情があるのか訊いておこうと思ってな」

「ご心配をおかけして、申し訳ございません。ですが、どうして、その連中があっしら親子を探っているのか、皆目《かいもく》見当もつきません」

源七は当惑げにいった。

まんざら嘘でもなさそうだった。

「そうか。おぬし、朝、出掛けるときや、夕方仕事から帰って来たとき、長屋の木戸付近で妙な男たちが見張っているのに気付かなかったか？」

「気付きませんでした。このところ、あっしは毎日、朝暗いうちに長屋を出て現場へ行き、帰りは夜遅いので」

「そうか。昼間は、休みでない限り、ほとんど長屋におらぬわけだものな」

「へい」

「ところで、源七は、どこの現場で働いておるのだ？」

「いまは伊勢亀山藩《いせかめやまはん》上屋敷の屋根の普請工事を手伝わせてもらっています」

「そうか。たいへんだな」

文史郎は、顔を伏せている娘のお久美に向いた。

「お久美、おぬしは二人を見なかったか？」

お久美は顔を上げ、文史郎を真直ぐ見つめた。黒目勝ちの大きな美しい目で見つめられると、文史郎も胸がどきりとした。

「あの二人に見覚えはあるか？」

「いえ。ありません」

お久美は静かに頭を振って答えた。

「そうか。見覚えはないというのか」

文史郎は腕組をし、どうしたものか、と考え込んだ。

「源七、もしかして、他人《ひと》に恨まれるようなことをしてはいないか？」

「他人に恨まれるようなことですか？」

源七が考え込み、目をしばたたいた。

「ないか？」

「……思い当たりません」

源七は白髪混じりの頭を傾げた。

「そうか。思い当たらないか」

「へい。すんません」

「見ました」

「何も謝ることではない」

「へい」

「すると、なぜ、あの者たちが、おぬしたち親子を調べておるのかのう」

文史郎は左衛門と顔を見合わせた。

台所から左衛門が笑いながらいった。

「恨んでいる方は、その訳を知っていても、恨まれている本人は、その訳を知らない場合もありますぞ」

「…………」

源七はうなずいた。

文史郎もいった。

「善《よ》かれと思ってやったら、反対に逆恨《さかうら》みされるとかのう」

「そうしたことも思い当たりません」

娘のお久美がちらりと父の源七を見上げたが、何もいわなかった。

「そうか。だったら、何かの間違いだろう。きっとやつらも、人違いをしているのだろう」

「ええ。あっしらとは違う親子を捜しているんではないですかね。きっとそうでやす」

源七は確信ありげに一人うなずいた。

源七お久美の親子を信じるしかない、と文史郎は思った。

「殿、ま、お茶でもいかがですかな」

左衛門はお盆に載せた湯呑み茶碗を文史郎の前に置いた。

「うむ。源七たちにも」

「はい。用意してあります」

左衛門は二人の前にも、盆に載せたお茶を出した。

「わしら男所帯で何も気が利いたものは出せないが、ま、お茶でも飲んでくれ」

「あっしら不作法者に、そのような貴重なお茶など勿体《もったい》のうございます。左衛門様、どうぞ、お気を遣われませぬように」

「ははは。遠慮するな。たまたま、口入れ屋の清藤の女中からせしめた粗茶だ」

お久美が文史郎と左衛門の前にはたと手をついていった。

「お願いがございます。私の話をきいていただけますか？」

「お久美、突然、何を言い出すのだ」

「お父っつあんもきいて」

文史郎はお久実の必死な形相《ぎょうそう》に一瞬気圧《けお》されたが、すぐに気を取り直した。左衛門も驚いた顔をしている。

「いったい何かな？」

「私を、その口入れ屋さんに紹介していただきたいのです」

「ほう。もちろん、紹介してもいいが、いったい、どうしてかな」

「私、どこかに奉公して働きたいのです。いつまでも、お父っつあんに苦労をかけたくないのです」

「お久美、なんてことをいうのだ。わしが働ける限り……」

「お殿様、お父っつあんは、一見元気そうに見えますが、病持《やまいも》ちなんです」

「お久美……」

源七は困った顔で娘を見た。

「お父っつあんは、私に内緒にしているつもりでしょうけど、私、知っているんです」

「…………」

「この前も夜中に帰って来てから、急にお腹が痛くなり、台所で戻したでしょう。私が片付けようとしたら、お父っつあんは自分で始末するからと怒って、私に吐いた物を片付けさせなかった。でも、あとで分かったんです。あのとき、血を吐いたからでしょう？」

「お久美、血なんか吐いていない。心配するな。あのときは仲間との付き合いで、少々飲み過ぎただけだ」

「嘘。昼間、気付いたのよ。お父っつあんが塵溜《ちりた》めに捨てた物の中に、血がついた手拭いがあったのを見付けたんだから」

「どうして、わしの手拭いだと……」

「あの手拭いは、お父っつあんがおっ母さんの形見《かたみ》だといって、いつも首に巻いていたものじゃない。あの手拭いを、どうして、いまは巻いていないの」

「……お久美」

源七はお久美の激しい追及に、たじたじとし、言葉が詰まった。顔が真っ赤になりはじめ、いまにも爆発しそうだった。

一方の、お久美の目は見る見るうちに潤《うる》みはじめた。

左衛門が見かねて二人の間に割って入った。

「まあまあ。二人とも落ち着いて。ここは、互いによく話し合おう。源七も叱らずにまずは話をきこう。お久美は娘として、おぬしの軀を心配しているのだからのう」

文史郎は、一瞬遅れを取った。

「そうそう。爺のいう通りだ。話せば分かる」

さすが左衛門は、浮き世の酸いも甘いも分かっている男だ、と文史郎は思った。咄嗟《とっさ》の判断が早い。やはり左衛門は伊達《だて》に歳は取っていない。年の功だ。

「もう、お父っつあんには無理をしてほしくないんです。私はどこかへ奉公するなんて、少しも苦ではありません。たとえ貧しくても、まともな仕事について、お父っつあんを楽にしてあげたいんです」

お久美は思いが堰《せき》を切ったように喋った。

「…………」

源七は憮然とした顔で腕組し、目を閉じた。だんだん顔から赤みがなくなり、冷静さを取り戻しはじめている。

「もう、蛍吉《けいきち》兄さんのことは、あきらめてほしいんです。兄さんは、兄さんの生き方があるのです。兄さんは何をするにしても、その結果の責任は、兄さんが取るべきで、お父っつあんは関係ありません。兄さんがやることを、お父っつあんが止めることはできません」

「…………」源七は黙ったままだった。

「何か深い訳がありそうだな。よかったら、余に話してくれぬか」

文史郎は優しくお久美にいった。

「はい。……でも、何から話したらいいのか」

お久美は袖で目を押さえて涙を拭った。

「おぬしには兄上がいるのか?」

「はい。蛍吉という五つ年上の兄がいました」

「いました?」

左衛門が怪訝な顔をした。お久美は言い訳をするようにいった。

「家を出て行ったんです。お父っつあんと大喧嘩して。お父っつあんは二度と帰って来るな。おまえとは親子の縁を切る。二度と再び、我が家の敷居は跨《また》がせない、と蛍吉兄さんを勘当《かんどう》してしまったんです。それで、私にも、蛍吉兄さんはもう死んだものだと思えと」

「…………」源七の眉毛がぴくりと動いた。だが、口を噤《つぐ》んだままだった。

「どうして、兄さんは勘当されたのだ?」

「……その訳というのは」

お久美は、一瞬、話そうか話すまいか迷っていた。

「蛍吉兄さんが江戸へ行きたい、と言い出したからです」

「おぬしたち一家は、いったい、どこに住んでいたのだ？」

「備前岡山《びぜんおかやま》でした。おっ母さんの実家があるんです」

左衛門がうれしそうにうなずいた。

「おうそうか。備前岡山か。爺の遠縁の者も岡山に住んでおる。いいところだな。爺も一度訪ねたことがある」

「それにしては、おぬしたちには、あまり吉備訛《きびなま》りがないな」

文史郎がいった。

お久美がうなずいた。

「元々、お父っつあんもおっ母さんも、十年前まで江戸に住んでいたんです。だから、江戸弁なんです」

「ほう。江戸にいたのか。それでお父さんは、江戸で何をしていたのだ？」

「お父っつあんは……」

突然、源七が目を開き、お久美を手で止めた。

「お久美、そこからは、わしがお殿様に話す。おまえは余計な口を挟むな」

「は、はい」

お久美は引き下がり、下を向いた。

「そのころ、あっしは紀州《きしゅう》様のところで鳶をしておりました」

「紀州鳶ということか?」

「へい。そこの鳶頭をしていやした」

紀州鳶は紀州徳川家の火消の俗称である。

火消には幕府直轄の定火消《じょうびけし》と、大名所管の大名火消《だいみょうびけし》、町人たちの町火消《まちびけし》がある。

大名火消でも、紀州、尾州《びしゅう》、水戸《みと》の御三家の火消と、加賀《かが》百万石前田《まえだ》家の火消は別格で、人足数といい規模といい、定火消と遜色《そんしょく》なく、それぞれ紀州鳶とか加賀鳶と呼ばれていた。

紀州鳶や加賀鳶は、自分たちの屋敷の周囲だけでなく、親戚や菩提所《ぼだいしょ》などの火事にも出動し、火消しにあたった。

鳶職は、土木普請や建築工事専門の仕事師だ。普段は高い屋根に上って作業したり、棟上《むねあ》げ工事や屋根葺《やねぶ》きなど命懸けの仕事に従事する職人だが、いざ火事となると、その専門職を活かした火消となって、現場に駆け付ける。

当時の火消は初期消火の場合には、火消人足が竜土水《りゅうどすい》(手押しポンプ)や桶の水をかけて鎮火したが、大規模な火災に対しては、もっぱら延焼を防ぐために、火消人足たちは火元近くの家屋や屋敷を事前に取り壊して、類焼させないようにした。

そのため、火消人足は命知らずの荒っぽい渡り中間《ちゅうげん》が多く、臥煙《がえん》と呼ばれた。

鳶頭は火事の際に、そうした荒っぽい臥煙を率いて鎮火にあたる。そのため、鳶頭は腕っ節が強く、荒くれ者たちをしっかり統率できるような度量が大きい人間でなければならない。

「鳶頭は、いつまでもやれる仕事ではありません。それで、四十路《よそじ》になるのを機に、紀州鳶を辞めさせていただき、一家そろって、江戸を離れ、女房の郷里である備前岡山に引っ込んだのです」

「うむ」

「これまで、ありがたいことに二人の子供を授かりました。それが蛍吉と、久美となります。蛍吉は、あっし似の機敏な子で、鳶職に憧れ、あっしの跡を継いでくれるといってくれたのです」

源七は話しながら思い出し笑いをした。

きっといい思い出があるのだろう、と文史郎は思った。

「娘のお久美も子供のころから御転婆《おてんば》で、兄の蛍吉同様、女だてらに鳶職になるといってきかなかったんです」

「女鳶か。それは凄い」

お久美は顔を伏せていた。耳が赤くなった。

源七は続けた。

「女鳶職なんて、これまできいたことがない。女人禁制である神聖な棟上げのときなどに、女がいるのは縁起が悪いと、大工の親方たちは文句をいいましたが、この娘は馬耳東風《ばじとうふう》、嬉々《きき》として、あっしの傍から離れず、建築工事を手伝ってくれていたのです」

「そうか。男勝りの女鳶か。おもしろい」

文史郎は左衛門と顔を見合わせて笑った。

源七は頭を振った。

「というのは、五年前、女房が流行病《はやりやまい》にかかり、あっけなくあの世に逝《い》ってしまったのです。当時、蛍吉は一人前の鳶になっていましたが、妹のお久美はまだ十二歳でした。実家の祖父母に預けておけばよかったんですが、どうしてもいっしょにいたい、と泣かれるので、つい情にほだされて、鳶の真似をさせたのがいけなかったのですが」

「それで、蛍吉は、どうした?」

「蛍吉は鳶としては、あっし以上の腕になっていました。それで安心というところで、突然、蛍吉はあっしの跡を継ぐ前に、江戸へ出て、あっしがなったように、どこかの大名鳶になって、さらに鳶職を極めたいと言い出したんです」

「それは偉いな。なぜ、反対したのだ？」

「田舎ならともかく、江戸の鳶は、そう生易《なまやさ》しくなれるものではないんです。江戸の火事は、広がれば大規模で、それこそほんとうに命懸けだ。命がいくつあっても足りない」

「それは、本人も覚悟の上だろう」

「悪い遊びにはまることもある。悪い誘いもあるだろう。よほど人間がしっかりしていなければ、すぐに悪い道に足を踏み入れる。息子には、そんな江戸の鳶をやらせたくなかったんです」

「親の気持ちとしては、分からないわけでもないが。しかし、勘当するほどではなかったのでは？　どうして、そんなことをしたのだ？」

「親の心、子知らずでやす。ある日、蛍吉が悪い鳶仲間とつるんで、悪さをしているのに気付いたのです。それで、思わずかっとして勘当してしまったのです」

「どういうことなのだ？　悪い仲間というのは？」

文史郎は訝った。

「それ以上詳しい話は勘弁してください。いつか、きっとお話しします」

「うむ。で、蛍吉は江戸へ下《くだ》ったんだな。そして、おぬしたちも、あとを追って江戸へ来た。何か理由があってのことなのだろう？」

「へい。蛍吉が出て行って三年が経ってから、蛍吉といっしょに江戸へ下った仲間が岡山に逃げ帰ったのです。それで、蛍吉が殺されたと知らせてくれた」

「ほう。いったい誰に、なぜ、殺されたというのだ？」

「それが要領を得ないのです。ただ侍に捕まり、目の前で斬られたというのですが、蛍吉がほんとうに死んだのかは分からない。その仲間は蛍吉が斬られるのを見て恐くなり、確かめもせず逃げ帰ったんです」

「それで、それを確かめるために、江戸へ参ったというのだな」

「へい」

「で、これまでに、何があったのか、分かったのか？」

「いえ。まだ、何も分からないんです。ようやく、蛍吉が紀州鳶になろうと、あっしの知り合いを訪ねたところまで分かった。そこから先は、まだ調べがついていないのです。なにしろ、お金がないので、鳶の仕事をしながら調べねばなりませんので」

「なるほどのう。それで、お久美も働きたいというのだな」

「はい」

　お久美が顔を上げた。

「感心だのう。源七、おぬしは親孝行のいい娘を持ったものだのう」

「へい。あっしには出来すぎた娘です」

「お父っつあん、実はこれが……」

　お久美は、もじもじしていたが、帯に挟んであった紙包みを取り出して、源七に差し出した。

「なんだい、これは？」

「今朝、うちの長屋の戸口に、これが入れてあったんです」

　お久美は一両小判を取り出した。行灯の明かりを浴びて、小判が鈍く光った。

「これで、お医者に診てもらって。お願い」

「お久美、おまえ、まさか……」

　源七はじろりとお久美を見た。

「おう、お久美のところにも、一両が放り込まれていたか。余のところにも、今朝、一両置いてあったぞ」

文史郎は左衛門に目配せした。

左衛門は懐から、紙包みを取り出して拡げた。

「うちもだ」

金色をした一両が現れた。

「どういうことですか?」

文史郎は笑いながらいった。

「どうやら、鼠小僧次郎吉が貧乏長屋にばらまいてくれたらしいのだ。おかげで、安兵衛店の住人は、みな俄大尽《にわかだいじん》となって、ほくほくしている」

「鼠小僧次郎吉が……」

源七は憮然とした顔になった。

「お父っつあん、ありがたく頂いて、使わせてもらいましょう。これも、神様の思し召《おぼしめ》しだと……」

源七は激しく憤り、お久美の手の小判を叩き落とした。

「駄目だ。そんな金子《きんす》を使うわけにはいかねえ。畜生め。人を馬鹿にしやがって!」

源七は激昂し、席を立とうとした。

「お父っつあん」

お久美は小判を拾い上げ、悲しそうな目で源七を見た。

「………」

源七はふっと動きを止め、油障子戸の方を見た。

人の気配。

文史郎は、咄嗟に小刀の小柄《こづか》を抜き、油障子戸に向けて投げ付けた。

小柄は油障子を破り、外にいた影法師に命中した。

油障子戸の向こう側で、かすかな悲鳴があがり、人が動いた。

「曲者！」

左衛門は刀を手に土間に飛び降りた。

文史郎も刀架けから大刀を摑み、左衛門のあとに続いた。

がらりと障子戸を開けて、左衛門が細小路に飛び出した。

文史郎も走り出た。

細小路を黒い影法師が一つ、木戸の方角に向かって走り去る。

「おのれ」

左衛門が追おうとした。文史郎が止めた。

「追うな」

「しかし、殿、何者なのか」

「どうせ、追い付かぬ」

「なんとも。逃げ足の速いやつ」

文史郎は地べたに落ちている小柄を拾い上げた。刃に血糊《ちのり》がべっとりと付いている。

細小路の地べたにも、血が点々と付いていた。

「お殿様、逃げましたか」

源七が浮かぬ顔で戸口から覗いていた。

お久美の青い顔も覗いている。

「曲者は聞き耳を立てていたらしい」

「何者でしょう?」

源七は訝った。

文史郎は源七に向いた。

「おぬしが目当てか、それとも、わしら相談人が目当てか。いまに分かるだろう。源七、おぬしも、せいぜい、気を付けてくれ」

「へい」

源七は平静を取り戻していた。

源七、只者《ただもの》ではない、と文史郎は思った。

二

夜が深々《しんしん》と更《ふ》けていた。

どこかで、犬の遠吠えが長々ときこえた。

庭に仄かな月の光が差し込んでいる気配がした。障子戸がほんのりと青白く明るくなっている。

酒井養老《さかいようろう》は、百匁蠟燭《ひやくめろうそく》の炎の下、書見台に向かっていた。

『韓非子《かんぴし》』第七、二柄《にへい》篇。

「一　盟主の其の臣を導き制する所の者は、二柄のみ。二柄とは刑徳なり。何をか刑徳と謂《い》う。曰《いわ》く、殺戮《さつりく》これを刑と謂い、慶賞《けいしょう》これを徳と謂う。人臣たる者は、誅罰《ちゅうばつ》を畏《おそ》れて慶賞を利とす。」

蠟燭の炎がふっと揺れて乱れた。

酒井養老は一息止めたが、また黙読を続けた。

「故に人主、自ら其の刑徳を用うれば、則《すなわ》ち群臣其の威に畏れてその利に帰す。

「……」

酒井養老は静かに背後の刀架けに手を伸ばし、大刀の柄《つか》に手をかけた。

「誰か？」

養老は身構え、天井に向かっていった。

「……半蔵《はんぞう》にございます」

天井裏からくぐもった声の返事があった。

「参れ」

養老は刀を元に戻し、『韓非子』を置いた書見台から離れた。

天井にかすかに人の動く気配がして、隅の板がずるりと外《はず》れ、真っ暗な闇が見えた。

その闇が動き、一本の縄がするすると降りた。

ついで、全身黒装束に包まれた影法師が、滑るように縄を伝わって降りて来た。

影法師は短い刀を背に回すと、養老の前に進み出て平伏した。

「半蔵、参上いたしました」

「うむ。ご苦労」

養老は黒装束の半蔵に向き直った。

「首尾は、いかがであった？」

「まだ手がかりは見つかりません」

「誰が黒幕かも、まだ分からぬというのか？」

「はい。まだ尻尾も摑めません」

酒井は溜め息をついた。

「巧妙だのう」

「いくつか分かったことがございます」

「申せ」

「まずは、これを」

半蔵は懐から紙包みを三個取り出し、酒井の前に一個ずつ並べた。

「御吟味くだされ」

「うむ」

酒井は紙包みを一つずつ解いた。

蠟燭の光を浴びて山吹色《やまぶきいろ》に映えた小判が現れた。

酒井は三枚の小判を一つずつ手に取り、表や裏を返し、ためつすがめつ眺め回した。

表面に桐紋と壱両、光次《みつつぐ》の極印《ごくいん》が打たれ、茣蓙目《ござめ》が入れてある。裏面には、光次の花押《かおう》と小識語《こしご》二字が打ってある。

長さ二寸二分、幅一寸二分余の楕円形で、重さ四匁《もんめ》八分《ぶ》。

「重さといい、刻印《こくいん》といい、いずれも本物の小判だな」

「はっ、いずれも本物の小判として市中に出回っております」

「何が違う？」

「天秤《てんびん》にかけて計りましたところ、ほんのわずかずつですが、重さが違いました」

「確かか？」

「はっ」

酒井は三枚の小判を代わる代わる手に持ち、重さを比べた。何度も小判を掌に載せ、重さを計りながらいった。

「確かに三枚のうち、この小判がいくぶん軽いように感じるな」

「そうでございますか。では、比べて重く感じる順に、お並べくだされ」

「うむ」

酒井は慎重に三枚を並べた。

「右端の小判がいくぶんか重く、ついで真ん中が、そして、左端の小判がいちばん軽いように思ったが」

「少々お待ちくだされ」

半蔵は並んだ小判をすべて裏返した。

行灯の明かりに、一枚ずつ小判をかざした。

小判の裏に薄い墨で「甲《こう》」「乙《おつ》」「丙《へい》」と書かれた文字が浮かび上がった。

「さすが、酒井様。よくぞ、お見破られました」

「ははは。こうして、三枚を並べて比較できたから、それと分かったが、一枚しか渡されなかったら見分けがつかなかったろう。それで、どういうことなのだ？」

「甲の小判が、いまからおよそ五十年前の寛政《かんせい》期に鋳造されたものでございます」

「なるほど」

「乙が二十年ほど前の文政《ぶんせい》期に改鋳された小判でございます」

「ふむ。丙の小判は？」

「小識語から見ると同じ文政期に改鋳された小判ということになっているのですが……」

半蔵は一瞬口籠《くちご》もった。

「違うと申すのか？」

「はい。その小判は、先ごろ、金座で鋳造された新貨でございます」

「後藤三右衛門光享《ごとうさんえもんみつあきら》め、考えたな」

酒井は腕組をした。

後藤三右衛門光享は、勘定奉行の下《もと》、幕府の金銀貨幣鋳造を一手に引き受ける金座《きんざ》の御金改役《ごきんあらためやく》である。

将軍家康《いえやす》以来、幕府の御金改役は後藤一族が世襲している。

新貨幣として鋳造せず、わざわざ旧貨幣であるかのように装うのは、いま流通している貨幣の中で目立たぬようにするためだろう。

「新しい判金の品位は、以前と変わらぬのか？　いやそんなはずはないな。重さが変わっているということは、おそらく金の量目が減っているからだろう？」

「いま調べさせておりますが、おそらく、純金の量は五割以下、もしかしますと三割もないかもしれません」

「なに、そんなに減っているというのか。しかし、金の量目を変えるのは、金座人の一存では出来ることではあるまいて」

「はい。しかも、量目不足の小判を通そうにも、最終の御金改所を通ることはないでしょう」

鋳造された金貨は、最後に御金改所で厳しく量目を調べ、百両ずつ封金する。その裏面に包み人の姓名を記し、もし不良品が出れば、誰の責任かすぐに分かる。

もし、量目不足の不良品が見つかると、すぐに焼金場に戻されて熔《と》かしてしまう。その日に出来上がった金貨は箱につめられ、錠を掛けられる。そこで勘定奉行から出役《しゆつやく》の役人や金座人筆頭など立ち会いの下、厳重に封印され、御用蔵に収納される。途中で、誰かが金貨を持ち出し、改鋳することなど出来ることではない。ましてや、実際に鋳造している金吹所《かねふきしよ》（金貨鋳造工場）の金吹職人たちが勝手に量目を変えることなど出来ることではない。

金吹職人は上司である金座人からいわれた通りに鋳造するだけだ。その金座人も、金座を管轄する勘定奉行の命令なしには改鋳できない。勘定奉行とて、もっと上からの命令がなければ改鋳を命じることはない。

「つまりは幕府の方針として、幕閣からの命令が出されなくては、金座は改鋳など出来ることではない、ということだな」

「はい。仰《おお》せの通りでございます。しかし、金座が大量に安い金貨を改鋳すれば、御金改役には何をせずとも、分一金《ぶいちきん》で懐に入るという仕組みです」

「ううむ」

酒井は唸った。

御金改役後藤は、幕府から役料として年額二千四百両を支給されるほか、四百俵の扶持米を受けている。その上に分一金（百分の一）という鋳造手数料を得ているのだ。

鋳造する度に出来高千両につき十両の手数料が後藤の懐に転がり込む仕組みである。

年々金座は何千万両も鋳造しているのだから、その分一金は年間莫大な金額になる。

後藤は、その収益から、毎年幕府に高額な冥加金《みようがきん》を上納したり、鋳造費用いっさいを賄《まかな》ったり、金吹職人の手当て、金座役人たちの手当てなどすべてを支出することになっている。

だが、幕府の了解の下に、毎年大量に貨幣を鋳造すればするほど、後藤の許《もと》には分一金が大量に入ることになる。その額は幕府への冥加金を払い、諸経費を支払っても、ありあまるものになるのは目に見えていた。

後藤は、その利益を独り占めせず、幕閣や幕府を操る大物の黒幕に賄賂《わいろ》として上納して、利益を還元している。そうやって、さらに幕府の施政として、金貨の鋳造を増やし続けさせるという仕組みなのだろう。

「後藤三右衛門光享め、巧い手を使っておるな」

酒井は腕組をし、考え込んだ。

そればかりではない。

含有する金量を落として、代わりに銀や銅、鉛などを加え、重さは変えず、額面も同じ一両として鋳造したら……。

酒井は愕然《がくぜん》とした。

粗悪な金銀貨幣が世の中に大量に出回れば、米の値段はさらに暴騰《ぼうとう》し、物の値段も一層上昇する。

米が値上がりし、物の値段が上がれば、江戸の庶民も武士もみんな生活が困窮する。幕府への不満が募る。

そうした結果、先ごろ大坂では庶民の窮状を見かねた役人の大塩平八郎《おおしおへいはちろう》が反乱を起こした。

まだ問題がある。

本来、入れるべきだった五割から七割の金は、どこへ消えたのか？

三右衛門光亨が、その余った金を懐に入れる？

酒井は反問した。

いや、違う。

御金改役の三右衛門光亨に、そんなことをする度胸はない。

もし、三右衛門光亨が自分の利得のために金貨改鋳を行なっていたら、十一代目後《ご》藤庄三郎光包《とうしょうざぶろうみつかね》の二の舞になり、流罪《るざい》か死罪は免れない。お家も断絶になる。

御金改役後藤庄三郎光包は、文化《ぶんか》七年(一八一〇)、金座の金を使い込み、三宅島《みやけじま》に流罪となり、後藤本家は断絶となった。

幕府は庄三郎の傍流の分家である銀座の年寄・後藤三右衛門孝之《たかゆき》を新しく御金改役に取り立てた。

後藤三右衛門光亨は、その初代三右衛門孝之に養子として迎えられ、二代目として跡を継いだ男だ。

二代目三右衛門光亨は頭が切れる男で、たちまち遣手振《やりてぶ》りを発揮し、豊富な資金力を基《もと》にして、後藤家を盛り立てた。これまで帯刀は許されない御用達商人待遇だった後藤を武士並みに位階帯刀を許される身分に押し上げている。

三右衛門光亨は、そのために、なりふり構わず、勘定奉行や幕閣や側用人《そばようにん》など幕府の要路に莫大な金品をばらまいたという噂だった。

おそらく、そのころに三右衛門光亨は、黒幕になる大物の誰かと懇意になり、その黒幕の支援を受けて働くようになったのだろう。

三右衛門光亨は幕府の指針に従って、改鋳を行なっている。だから、一応、身の安泰を計ることができる。

それもこれも、三右衛門光亨の背後に幕府を牛耳《ぎゅうじ》る黒幕がいるからできることだ。

三右衛門光享の背後にいる黒幕とは、いったい誰なのか？

老中水野忠邦《みずのただくに》か？

いや、違う。水野忠邦が黒幕のはずはない。

確かに、いまの幕政の最高責任者は老中首座水野忠邦だ。

水野の意向を無視して、金銀貨の改鋳はできまい。

だが、水野は、天下に倹約、節約令を出し、贅沢《ぜいたく》や奢侈《しゃし》を戒《いまし》めて、幕府の財政の立て直しを計り、幕政改革を推し進めている。

その改革を進める上で必要な財源を賄うため、金銀貨の改鋳で莫大な資金を捻出しようとしている？

おかしい、と酒井は反問した。

倹約、節約を旨《むね》とし、財政引き締めを主張する水野が、なぜ、野放図な改鋳を容認するのか？

改鋳をやめさせたくても、水野が口が出せない、実力者の黒幕がいるからではないのか？

これは容易ならざる事態だ。下手《へた》に探りの手を入れれば、こちらも酷《ひど》い火傷《やけど》をしかねない。場合によっては命取りになる。

酒井は寒気を覚え、ぶるっと身震いした。

いくら、老中阿部正弘《あべまさひろ》様の密命を受けているとはいえ、紀州藩中老、裏御庭番之頭《うらおにわばんのかしら》の分際で、幕政に口を挟むことは許されない。

「半蔵、事は慎重の上に慎重を期して進めよ」

「はっ。承知いたしております」

半蔵は一礼した。酒井は穏やかな目で半蔵を見つめた。

「ところで、半蔵、手の者からきいたが、最近、札差や蔵元の店先に妙な御札が貼られているそうだな」

「はい」

「どのような御札だ?」

「一つは、鼠の絵です」

「ほほう」

「はい。鼠の絵を店先に貼り、次はここだぞ、と事前に警告しているのです」

「誰が、そのような絵を貼るのだ? まさか、おぬしたちではなかろうな」

「まさか、そんな事前に予告したら、相手は警戒するだけでしょう」

「そうだな。邪魔《じゃま》か?」

「いまのところは、大した邪魔にはなりません」

「ならばいいが」

「猫の絵の札も貼られるようになりました。鼠避けの御札らしいのですが、効き目はありません」

半蔵はにやにやしながらいった。

「それから『剣客相談人御立寄所』とやらの護符も出回っています」

酒井は笑った。

「剣客相談人だと？　いったい、何を相談するというのだ？」

「よろず揉め事相談承《うけたまわ》りますと謳《うた》い、揉め事の仲裁や用心棒を請け負う剣客だそうです」

「剣客だとすれば、腕は立つのか？」

「そういう噂です」

「食いはぐれた浪人者が苦し紛れに考え出した新たな商売ではないのか？」

「おそらく、そうかと。しかし、長屋の殿様と呼ばれ、庶民の間では評判がいいようです」

「長屋の殿様だと？　笑止《しようし》。なぜ、そのように呼ばれておる？」

「元殿様が若くして隠退し、酔狂《すいきょう》で用心棒稼業をしているらしいのです」

「ほう。元殿様がのう。ほんとうに殿様だったのか？」

「相馬屋が、その剣客相談人を用心棒に雇ったようなので、念のため、身許を調べました」

「で、どうだった？」

「本物でした。那須川藩の元藩主若月丹波守清胤改め、大館文史郎と申される方です。家督を若い息子に譲り、いまは楽隠居の身です」

「一人か？」

「傅役のご老体が付き添い、さらに、いま一人大男の髯侍が家来として付いております」

「三人か。邪魔になるか？」

「いいえ。いまのところは、大丈夫です」

「では、相馬屋は後回しにするか？」

「むしろ剣客相談人など用心棒を雇っても無駄であることを天下に知らしめるべきかと」

「ははは。強気だのう」

酒井はじろりと半蔵を睨んだ。

「万が一、斬り合いになったら、いかがいたす？　面倒なことになるぞ」

「我らも柳生《やぎゅう》一門に連なる者。それがしをはじめ、腕の立つ者が揃っています」

半蔵は頭を左右に振った。

酒井はうなずいた。

「だが、念のためだ。片岡《かたおか》を出そう」

「はっ。分かりました。片岡殿のお力を借りずに済むよう、努《つと》めます」

「うむ。頼むぞ」

蠟燭の炎が揺れた。

人の気配。どこからか、フクロウの鳴く声がきこえた。

半蔵が頭を下げた。

「そろそろ、お暇《いとま》いたします」

「うむ」

半蔵は素早く身を翻《ひるがえ》した。

天井の一角から垂れ下がった綱に飛び付いた。半蔵は綱を伝わって身軽に上りはじめ、やがて暗い穴に姿を消した。天井板が元の通りに閉じられた。

三枚の小判が残されていた。

酒井は小判を取り上げ、紙に包み、手文庫に仕舞った。

しばらくの間、天井裏の人の気配に耳を澄ましていた。

また夜の静寂《しじま》が戻った。

酒井は机の上の鈴を手に取り、軽く振った。

澄み切った音が夜陰に響き渡った。

やがて、廊下に人の足音がきこえた。

「片岡堅蔵《けんぞう》、参上いたしました」

「入れ」

襖が開いた。

厳つい顔立ちの、がっしりした体格の侍が部屋に入ると、襖を閉めた。膝行して酒井の前に進み出た。

「何ごとでしょうか」

「堅蔵、剣客相談人を存じておるか？」

「噂にはきいております」

「そうか。万一のことがある。半蔵たちの邪魔をするかもしれぬ。もし、邪魔立てするようであれば斬れ」

「畏まりました」

片岡堅蔵は静かにうなずいた。

三

翌日夕方。

一日中降り続けていた雨がようやく上がった。

どんよりと垂れ籠めていた雲は、東に移り、西から空が開けてくる。

それとともに夕陽が空を染めはじめた。

遠くに霊峰富士山が茜色《あかねいろ》に映えている。

文史郎と左衛門は下駄《げた》の音を立てながら、相馬屋の店先に入って行った。

店仕舞いをしていた番頭や手代、丁稚までが、愛想よく文史郎たちを迎える。

相馬屋の主人の姿はなかった。

文史郎は身近にいた丁稚を捉まえた。

「大門は？」

「大門様はあちらでお待ちです」

丁稚は内所を差した。

店の内所に、どっかりと胡坐《あぐら》をかいた大門の姿があった。大番頭と何ごとかを談笑している。

「おう、殿、爺様、お待ちしていた。やっと現れましたか」

大門は大欠伸《おおあくび》をして、背を伸ばした。

左衛門が訊いた。

「変わったことは？」

「何ごともなし。退屈で退屈で、もう死にそう。こんなことなら普請工事でもっこを担いでいた方が、よほどよかった。小金《こがね》も入るし、軀のためにもなるし」

「長屋の方では、たいへんな騒ぎがあった」

「なんでござるか？」

「早朝に鼠小僧次郎吉が貧乏長屋に現れたらしい」

「鼠小僧次郎吉が？　しかし、何をしに？」

「大門殿、驚かれぬように」

左衛門が懐から、一両の紙包みを取り出した。

「これはおぬしの分だ」

大門は半信半疑の面持ちで小判を受け取った。慌てて懐に仕舞った。

「あの噂はほんとうだったのか。鼠小僧次郎吉が貧乏人に金子をばらまいているというのは」

「まことだ。わしらの部屋にも入れてあった」

「ありがたや。ありがたやだな」

大門は両手を合わせた。

「しかし、なんとも妙な気分ですな」

「なにが」

文史郎が訝った。

「この相馬屋にわしらが雇われたのも、その鼠小僧次郎吉一味に入られないようにとのことでござろう？」

「それもそうだ」

「鼠小僧次郎吉が現れたら、ひっ捕らえようと思っていましたが、これでやめました」

大門は頭を振った。左衛門もうなずいた。

「殿、確かに、わしも意気が上がらなくなりましたぞ」

「二人とも、たった一両で、そうなるのか？」

「そういう殿は？」

左衛門が小声で訊いた。

文史郎は顔をしかめた。

「正直、余も貧乏人の味方を捕らえるのは気が進まなくなった」

「殿もでしょう？　どうします？」

「現れないように祈るしかない。現れても、余たちがいるのを見て、引き揚げればいいが」

「そうですな。まったく」

左衛門が溜め息をついた。

大門が文史郎と左衛門にいった。

「ところで、拙者、これで交替して帰りたいのですが。湯屋にでも浸かり、居酒屋で一杯やって、ゆっくりと休むつもりです」

「うむ。ご苦労だった。交替しよう」

文史郎がうなずいた。左衛門が慌てていった。

「大門殿、長屋に帰る前に、お話しておかねば」

「なんのことでござる？」

「一昨日、話をしたろう？　長屋に新しく入居した父と娘な。ちと訳ありらしい」

「あの二人は何者かに狙われておるようだ。あの二人のことを聞き回っている不逞《ふてい》の輩が徘徊《はいかい》しておる。長屋に帰ったら、あの父娘の身辺に気をつけてやってほしい」

「誰に狙われているのでござる？」

「さあ。それは分からぬ」

左衛門は、源七お久美親子の話を大門に語ってきかせた。

左衛門の話が終わると、文史郎がいった。

「大門、どうも、あの源七、お久美親子、只者ではない。のう、爺」

「はい。そうでございますな。爺もそう思いました」

大門が訝った。

「いったい、どういうことでござるか？」

「曲者が忍び込み、障子戸越しに聞き耳を立てておったのだ。それと気付いて、殿が小柄を投げたのだが、ほとんど同時に、源七も曲者の気配を察していた様子なのだ」

「いや、余が気付いたのは、源七がはっと顔を上げたのを見てのこと。余よりも、源七が気付くのが早かった。爺は？」

「実はなんとなくお久美を見ていたのでござる。すると、話をしているお久美の顔がさっと変わった。一瞬、障子戸を振り向いたので、爺も曲者に気付き、咄嗟に土間に飛び降りたのです」

「源七、お久美親子とも、かなり武芸の心得があるというのですか？」

「うむ。その後、源七にそのことを質《ただ》すと、とんでもない、そんなことはありませぬ、余の勘違いだと笑って否定しておったが、間違いない。余はあの親子、身のこなしといい、咄嗟の判断といい、武芸を身につけていると見たな。のう、爺」

「確かに」

左衛門はうなずいた。

大門は豪快に笑った。

「分かりました。長屋へ帰ったら、それがしも、親子に会って様子を見てみましょう。では、今日はこれにて、それがしは、いったん引き揚げます」

大門は懐を押さえ、ほくほくした顔で店から出て行った。

番頭や手代たちは、手際よく店仕舞いを終え、大門を送り出したあと、しっかりと戸を閉じて、心張り棒をかけた。

夜が更けていく。

雨戸越しに、夜の静寂が客間に忍び込んでくる。

雨はすっかり上がり、先ほど、厠《かわや》に立ったときには、星が輝いていた。

東から北の空にかけて、まだ雨雲が残っていた。雲間に朧月《おぼろづき》が見えた。上弦《じょうげん》の月だ。

長い梅雨が終わり、暑い夏に入るのだろう。

百匁蠟燭の炎が明るく燃え、油煙《ゆえん》が真直ぐに立ち昇っている。

蠟燭はだいぶ短くなり、台座に溜まった蠟に埋もれようとしていた。

文史郎は寝床に入らず、硬い畳の上に身を横たえた。そうすれば、眠気に襲われても、すぐに目を覚ます。

九ツ半（午前一時）を過ぎたころか、と文史郎は判じた。

鼾《いびき》がきこえた。

小一刻ほど前に不寝番を交替した左衛門は、刀を抱えて、床の間の柱に寄り掛かったまま、居眠りをしている。

爺も年を取ったなあ、と文史郎は思いながら、白髪混じりの爺の頭を眺めた。

昔、初めて文史郎の傅役のころの左衛門は、活力溢れる壮年の武士だった。

少年の文史郎が打ちかかっても、軽やかに躱《かわ》し、しなやかに打ち返して来た。

子供心に、左衛門には到底《とうてい》勝てぬと舌を巻いたものだった。

その左衛門も、いまや、自ら爺と称するほどに年老いた。しかし、気持ちだけは、まだ若者のように元気潑剌《はつらつ》としている。左衛門は、若いころと違わずに、不寝番などこなせると信じている。

なのに、居眠りをしている。だが、起こしても、寝るとは決していわないだろう。

そんな左衛門の頑固さが、文史郎は好ましく思った。

己も、年を取ったら左衛門のように、悠々と死ぬまで矍鑠《かくしやく》として過ごしたいものだ。

老いても、武士としての生を最期まで、全うする。

それが左衛門の願いらしい。その左衛門の願いを尊重したい。

蠟燭の芯《しん》がジジッと音を立てて燃えた。

雨戸にこつんと物音が立った。

文史郎は、はっとして身を起こした。

もう一つ、こつんという物音が起こる。

小石か何かが当たった音だ。

文史郎は刀を手に障子戸を開け、廊下へ出た。

「殿、何か」

左衛門が目を覚ました。

「曲者だ」

文史郎は雨戸の心張り棒を外し、さっと雨戸を引き開けた。

月明かりを受けた庭が浮かび上がった。

屋根瓦を踏む気配がする。

「屋根だ」

文史郎は庭に飛び出した。

二階の屋根に影が動いた。

二つ、三つ。

一階の屋根の上にも影法師が見えた。

二階の雨戸を破ろうとしている。

「曲者、出合え出合え」

文史郎はわざと大声で叫び、小柄《こづか》を影法師に向けて投げた。

小柄は影法師の背中に吸い込まれた。

影法師は体を崩し、ぐらりと傾《かし》いだ。

二階の屋根から影があいついで一階の屋根に飛び降り、小柄を受けた影法師を支えた。

「殿、お気を付けくだされ。植え込みにも」

左衛門が刀を手に、文史郎の傍らで身構えた。

月明かりの中、庭の植え込みに影が動いた。

「そこにいたか!」

文史郎は一足跳びに、植え込みに走った。

二つの影法師が飛び退き、植え込みを盾《たて》にして身構えた。

黒塗りの刀身を中段に構えている。

黒装束で身を隠している。

「おのれ、忍びか」

文史郎は刀を抜いた。峰を返した。

捕らえて、何者かを白状させる。

いきなり、二つの影法師が左右に分かれ、ほぼ同時に文史郎に突き入れて来た。

文史郎は咄嗟に身を屈め、左からの打突《だとつ》を避け、右から襲う影法師の腕を叩いた。
影法師は呻《うめ》いて、刀を落とした。
返す刀で、左からの影法師の胴を払う。
さすがに影法師も剣の遣い手らしく、刀の鎬《しのぎ》で文史郎の刀を受け流す。
庭に、屋根からばらばらっと影たちが飛び降りた。
影たちは腕を打たれた影を抱え起こす。
七、八人の影法師が、さっと文史郎を取り囲んだ。一斉に黒塗りの刀身を構えた。
無言だが、一人の頭《かしら》らしい影法師の下、一糸乱れぬ統制が取れている。
文史郎は緊張した。
八つの影法師が文史郎を取り囲む。
柳生流必殺八方陣。
これまで対戦したことはないが、その恐さは知っている。
「殿、後ろはお任せあれ」
左衛門が八方陣の中に飛び込み、文史郎の背中合わせに刀を構えた。
これで、文史郎は半円状に囲む四人の影法師を相手にすればいい。
向背の影法師四人は左衛門が相手をしてくれる。

八方陣を見回した。前の四人のうち三人が、中段、上段、下段に刀を構えている。正面の一人だけ、刀を水平にし、切っ先を文史郎に向けている。刺突《しとつ》の構えだ。後方の四人も、一人が刺突の構えを取り、残る三人は同様に上段、中段、下段に刀を構えている。

八方陣を見下ろすようにして、頭らしい影法師が築山《つきやま》に立っている。

文史郎は瞬時に陣形の意図を読んだ。

八人が同時には斬り込めない。斬り込めば、同士討ちしかねない。互いに邪魔になり、刀を存分に振るえない。

主攻《しゅこう》は刺突の構えをした影法師だ。前後に一人ずついる二人。

突きは刀を振るわず、真直ぐに突き入れるだけに瞬時に勝負が決まる。

前後から、同時に刀を突き入れて来る。たとえ前からの一人を躱すことができても、背後から来る刺突は避けられない。

もし、前後からの刺突を避けて、逃げようとしても、待ち受ける六人の囲みを斬り開かねばならない。

残る六人は取り囲んだ獲物が逃げ出せぬようにする勢子《せこ》だ。

獲物が囲みを破ろうと、勢子にかまけていると、その隙を狙って刺突の刀が襲う。

文史郎一人だけが八方陣に囲まれていたら、到底、死は免れなかっただろう。
主攻さえ押さえれば……。
文史郎は背中合わせになった左衛門の耳許に怒鳴った。
「爺、主攻は刺突にあり！」
「承知」
左衛門も一瞬にして陣形を見破ったらしい。
文史郎は刀を右八相《みぎはっそう》に構えた。左衛門も右八相に構えている。
「かかれ」
築山の影法師が低い声で命じた。
勢子役の影法師が、一斉に一歩踏み込んだ。
斬り間まで踏み込んで来たら斬る。
文史郎は殺気を放ち、相手を威嚇した。
勢子役の影法師たちは踏み込む気配を見せただけで、踏み止《とど》まった。
文史郎は勢子たちに向かい合いながら、目の隅で刺突役の影法師の動きを追った。
案の定、刺突の構えの影法師が、するするっと突進して来た。
斬り間に入った瞬間、文史郎は刺突役の影法師に向き直り、刀で相手の刀を撥ね上げた。勢い余って飛び込んで来た影法師の胴を払った。

さすが敵もさるもの。撥ね上げられた刀を瞬時に戻し、文史郎の刀を受け止めた。

文史郎は相手の影と刃と刃を合わせ、揉み合った。

背後で左衛門も刺突して来た影と鎬《しのぎ》を削って押し合っている。

左右から他の影法師たちが、揉み合っている文史郎に斬り込んで来た。

文史郎は刀で押し合った相手に、刀もろとも体当たりをかけ、相手といっしょに植え込みに転がった。

左右から切りかかった影の刀が空を斬り、交差した。

文史郎は植え込みからすぐに身を起こした。

相手も急いで起き上がろうとしたが、植え込みの小枝に足を取られて、もがいていた。

文史郎は一足飛びで築山の頭の影法師に突進した。

「おのれ、そこもと、おぬしが頭だな」

「…………」

頭の影はさっと飛び退き、背中に背負った刀を抜いた。

頭は木立の間で青眼に刀を構えた。

文史郎は刀を八相に構え、周囲に気をやった。

「お頭」

四つの影法師が文史郎の周りを取り囲むように集まった。

「よくぞ、八方陣を破った。さすが剣客を名乗るだけはある。誉《ほ》めてつかわそう」

頭は低い声でいった。

文史郎は周りの影法師を牽制《けんせい》しながらいった。

「そういうおまえは、柳生。なぜ、柳生が盗人のようなことをする」

「…………」

頭は無言のまま答えなかった。

文史郎は半眼《はんがん》にし、周囲の影法師を見た。

背後では、左衛門が四人を相手に斬り結んでいる。

今度は、影たちは正面の頭を頂点にして五方陣を作っている。

「そうか。今度は柳生必殺五方陣か。おもしろい」

「我らの邪魔をする者は斬る」

頭が低い声でいった。

文史郎は腹が立ってきた。

「そうか。どうしても、余を斬るというのだな。ならば、こちらも覚悟がある」

文史郎は峰を返していた刀を元に戻した。

「もう、容赦《ようしゃ》はせぬ。覚悟してかかって参れ」

「笑止。かかれ」

頭が命じた。

周囲の四人の影が、一斉に文史郎に斬りかかった。

文史郎は四人に構わず、一足跳びに、正面の頭に向かって跳んだ。刀を上段から振り下ろす。

頭の影法師は刀で文史郎の刀を受けた。

文史郎は刀で頭を押しまくり、庭木の木立の間に入った。

あとを追った影たちは、庭木の枝や幹が邪魔になり、斬り込めない。

頭の影は押されながらも飛び退いて、梅の木の陰に逃れた。

すかさず、後ろから一人が斬りかかった。文史郎は振り向きざまに、その男の胴を払った。

続いて二人目の影が文史郎に刀を突き入れた。文史郎は返す刀で、影の胸を斬った。

影は悲鳴も上げず、その場に崩れ落ちた。

「五方陣、破れたり」

文史郎は頭に告げた。

「殿！　殿！　ご無事か」

突然、大門の大音声《だいおんじよう》があたりに響いた。

築山の背後の屋根塀の上に、乗り越えようとする大門の大柄な影が見えた。

頭の影法師の動きが止まった。

二階から喚声《かんせい》が起こった。

二階の雨戸が開かれ、騒ぎで起き出した番頭や手代、丁稚たちが顔を覗かせて声を張り上げた。

屋根の上では、血気盛んな手代の若い衆が心張り棒や棍棒《こんぼう》を振るい、屋根の上の影法師たちと渡り合いはじめた。

影法師たちは怪我をした仲間を抱えながら、屋根伝いに逃げ出した。

「わー」

一階の雨戸がつぎつぎに開けられ、番頭を先頭に手代、丁稚たちが喚声を上げて庭に飛び出した。

番頭や若い手代たちは手に手に心張り棒や物干し竿、斧《おの》などを持っている。喚声を上げて威嚇し、左衛門と斬り合っていた黒装束たちに背後から打ちかかろうとしていた。

影たちは無茶苦茶に打ちかかる番頭や手代たちの攻撃にたじたじとなって後退した。

大門がどかどかと足音を響かせて、文史郎の傍らにやって来た。

「殿、こやつら、やはり今夜来ましたか」

大門は、いつの間にか、心張り棒を手にして、影法師たちを見回した。

「どうして、分かった？」

「殿が、拙者を御呼びになったのでは？」

「なに。呼んでおらぬぞ」

大門は面食らった顔をした。

「……その話はあとにいたしましょう。いまはこやつらを退治せねば」

大門は心張り棒を振り回しはじめた。びゅうびゅうと風切り音が響いた。

影法師たちが、みな追われて築山に上がって来る。

たちまち、大門は襲いかかる影法師たちを心張り棒で叩きのめした。あたりに呻き声が上がった。

不意を突かれて黒装束たちは大門の心張り棒を避けたり、刀で受けるので精一杯だった。

「殿、大丈夫でござるか」

左衛門も駆け付けた。

「おう、大門殿、いつの間に」

「間に合いましたな。さあ、こやつら、どうしますか？」

大門は頭《かしら》に心張り棒の先を突き付けた。

頭の影法師が形勢不利と見て叫んだ。

「薬玉《くすだま》を投げろ！」

影法師たちは、それを合図に一斉に、押し寄せる手代たちに物を投げた。

大門や左衛門、文史郎たちにも、何個もの物が飛んで来た。

「気を付けろ！　薬玉を投げたぞ」

文史郎は怒鳴り、身を屈めた。

周囲で爆裂音がつぎつぎに起こった。月光の下、白煙がいくつも噴き上がった。

強い火薬の臭いが鼻をついた。

悲鳴があちらこちらで起こった。

目が渋い。鼻がつんとして、涙が出はじめた。

店の若い衆たちも、目を抑え、鼻を抑えて咳き込み出した。

あたりに白煙が広がり、霧が湧いたように、見えなくなった。

「爺、気を付けろ」

「殿も」

「おのれ、この野郎」

大門が白煙の中で心張り棒を振り回している。

「大門、気を付けろ。味方を打つな」

「分かってます。近寄らないでくだされ」

大門は怒鳴った。

「待て待て。大門」

文史郎は袖で口許を抑えながらいった。

「逃げた。敵は逃げたぞ」

文史郎はあたりを見回した。

白煙が徐々に薄れていく。

築山に倒れていた黒装束姿の男たちが消えていた。

「敵はいない。逃げ去ったぞ」

大門も左衛門も、涙をぼろぼろこぼしながら、あたりを見回した。

店の番頭や手代たちも、薄れていく白煙の中に影法師たちがいないのを見て、騒《ざわ》めいている。

「相談人様」

廊下に蠟燭が何本も灯っていた。

その明かりの下で、主人の相馬屋やお内儀が並んで頭を下げていた。

「相談人様、ありがとうございます。ありがとうございます」

「殿、どうやら、追い払ったようですな」

左衛門が刀を懐紙で拭いながらいった。

大門は心張り棒を杖《つえ》のように突いて仁王立ちしている。

「やれやれ、引き揚げましたか」

文史郎も懐紙で拭った刀を腰の鞘に納めた。

「怪我した者はいないか？」

「あちらこちらに掠り傷ができた程度ですな」

左衛門が体のあちらこちらにできた切り傷を調べた。

文史郎は大門に向いた。

「ところで、大門、ご苦労だったな。よくぞ、助けに駆け付けてくれたな。助かった。礼をいう」

「知らせを受けた以上、寝てなどいられないでしょうが。少々酔っ払っていましたが、急いで駆け付けました」

「大門、余は、おぬしに知らせを出していないぞ」

「知らせなかったって？　ご冗談を」

「冗談ではない」

「じゃあ。殿でなく、爺さんが知らせてくれたのか？」

「わしは不寝番だったが、うっかり眠っていたくらいだ。知らせなど出せぬ」

「じゃあ。あれは誰だったんだろ？」

大門は怪訝な顔をした。

文史郎が訊いた。

「大門こそ、小石を雨戸へ放って、気付かずに眠りかけていたわしらに知らせてくれたのではなかったのか？」

「まさか。拙者が駆け付けたときには、殿たちは斬り合っている最中だった。拙者ではありませんぞ」

「とすると、小石で賊の侵入を知らせてくれたのは、誰だというのだ?」

文史郎は左衛門と顔を見合わせた。

左衛門が訊いた。

「大門殿に知らせたのは、どんな人だったのだ?」

「それが、突然、戸をどんどんと叩いて。たいへんだ、相馬屋に賊が入った。お殿様たちが危ない、と。誰かの囁くような声があって」

「いったい、誰だったのだ?」

「拙者、酒を飲んで、寝ておりましてな。突然、そう起こされたので、ともあれ、飛んで来た次第。てっきり、殿に頼まれた店の奉公人かと思いましたが」

「妙なこともあるものだな」

文史郎は考え込んだ。

左衛門と大門は顔を見合わせ、頭を傾げていた。

「さあさ、相談人の皆様、家の中へお戻りくださいませ。お酒をご用意してございますので」

大番頭が満面に笑みを浮かべて、文史郎たちを促していた。

四

「ほう。それは大変な夜でしたな」

南町奉行所定廻り同心小島啓伍は、気の毒そうにいった。

土間の上がり框に座った忠助《ちゅうすけ》親分と下っ引きの末松《すえまつ》が、聞き耳を立てている。

「おそらく、また瓦版屋が聞き付けて、あることないこと針小棒大《しんしょうぼうだい》に瓦版に書き付けて、今日にも売り出すことでしょう。きっと派手な錦絵を付けて」

小島の言葉に、文史郎はうんざりした顔で頭を振った。

「人騒がせな。わしらは、読売を儲けさせるためにやっているわけではないのだがのう」

「相馬屋から知らせを受けて、ようやく奉行所も立ち上がりました。いま、上司の与力が店に駆け付け、事情聴取をしていることでしょう。被害がなくて何よりです。これで、また剣客相談人の株が一段と上がりましたな」

文史郎は左衛門が煎れてくれた茶を啜りながら訊いた。

「ところで、小島、鼠小僧次郎吉について、調べてくれたのだろう？　どうだった？

やはり、鼠小僧次郎吉は獄門台に消えたのだろう」

「おそらく」

小島は困った顔で答えた。

「おそらくということはあるまい。獄門行きの場合は、必ず記録が残っているはずだが」

「それが、記録した帳面が書庫から消えているんです」

「なんだって？」

「それがしが、書庫に入り、鼠小僧次郎吉関係の書類を見ようとしたのです。そうしたら、あるべき棚はがら空きになっていた。誰かが書類を持ち出したらしいのです」

「書類は持ち出せるのか？」

「いえ。実は禁帯出のはずなのですがね」

「持ち出すことができるのは？」

「お奉行様、大目付、目付といったお偉いさんたちだけで、与力でも持ち出すことは禁じられています」

「妙だな。誰が持ち出したというのか？」

「ただ、鼠小僧次郎吉一味についての関連資料は、多少残っていて読むことができました。それによると、いくつか分かったことがあります」

「うむ。話してくれ」

「第一に、鼠小僧次郎吉は、昔は武家屋敷しか狙わなかった。今回のように、被害に遭ったのは、札差や蔵元ということはなかった」

「余も、それに気が付いていた。たしか昔の鼠小僧次郎吉は、商家は襲わなかったと思っていたのでな」

「はい。第二に、昔の鼠小僧次郎吉は、少人数だった。報告では、せいぜい多くても、五人となっていました」

「五人か。爺、今回相馬屋を襲った鼠は何人くらいおったろうな」

左衛門は考え込みながら答えた。

「屋根の上に、ざっと四、五人。地上の庭に、ざっと十人ほどですかね。合わせて十四、五人となりましょうか」

「第三に、鼠小僧次郎吉は、相手が武家屋敷の侍ということもありますが、殺傷はしなかった。斬り合いができなかったというべきかもしれませんが」

「鼠小僧次郎吉は二本差しの侍ではなかったのだろう？」

「はい。侍ではなかったようです」

「忍びということはなかったか？」

「忍びですか。ううむ。忍びというと、甲賀《こうが》、伊賀《いが》……」

「柳生ということはなかったか？」

「柳生といえば、公儀隠密ということですか？」

「そうだ。昨夜の賊は明らかに柳生だった。柳生新陰流《しんかげりゅう》の遣い手たちだった」

文史郎は、柳生必殺八方陣、五方陣を思い出し、身震いした。左衛門や大門がいなかったら、あの八方陣や五方陣を破るのは、容易なことではない。

「しかし、公儀隠密が、まさか鼠小僧次郎吉の一味とは、とうてい思えませんが」

「殿、同じ柳生でも裏柳生もありますぞ」

左衛門がいった。

「裏柳生だと？」

「はい。本流である表の柳生一門とは別に傍流の裏柳生があるそうです。武芸こそ柳生ですが、日陰者の一団として、暗躍しているとききますが」

「小島、その裏柳生について、調べることはできるか？」

「はい。なんとか。同心仲間に、柳生新陰流の遣い手がおります。彼に訊けば、きっと話してくれると思います」

「うまく聞き出してくれ」

「では続けます。第四に、鼠小僧次郎吉は千両箱を盗んだことはなかった。武家屋敷には、金子がたくさんあるわけではありません。だから、盗まれた額は多くても五、六百両でした」

「なるほど。人数も少数だったとすれば、重い千両箱を盗むのは難儀なことだろうな」

「そうなのです。そして、第五に、鼠小僧次郎吉一味は、首領の次郎吉が処刑されてから、解散し、霧散しています」

「どんな仲間だと分かっているのだ？」

「調書があれば、すぐに分かることなのですが、残されていた記録では、鼠小僧次郎吉は家族や兄弟で事をやっていたらしい。だから、結束が固く、しかも、秘密が守られていたらしいのです」

「なるほどのう」

文史郎は腕組をした。

左衛門がいった。

「鼠小僧次郎吉は家族持ちだったのか。どんな家族だったのだろう？」

「噂では、子供がいたとのことです。男の子と女の子が一人ずつ。お内儀は、主人の次郎吉が獄門に懸けられるのを見てから、子供二人を連れて、どこへやら姿を消したという話です」

文史郎は訝った。

「次郎吉が獄門に懸けられたのは、十年ばかり前のこと。当時、幼かった子も、いまは立派な成人になっておるだろうにな」

「はい。そう思います」

「次郎吉のお内儀や子供の名は、分かっているのかい？」

「分かりません。そうしたことを記した書類が、誰かに持ち出されているので」

「ううむ。ほかに分かったことは？」

「次郎吉には兄もいたらしいのです」

左衛門が笑いながら訊いた。

「まさか、兄の名は太郎吉《たろきち》とでもいうのではないのか？」

「そうらしいですよ。次郎吉の方が義賊として有名ですが、もともとは太郎吉が首領で、そのときに貧乏人の味方として盗賊をするように、次郎吉を仕込んだといわれています」

「その太郎吉は、どうなった?」

「やはり行方知れずです」

「いま、暗躍している鼠小僧次郎吉と、昔の次郎吉の家族とは関係があるのかね。たとえば、息子が育って、次郎吉のような盗賊の跡を継いだとか」

「それも、帳簿さえあれば、分かることなのですが」

「小島、誰が書庫から帳簿を持ち出したか、調べてくれまいか。どうも、気になる」

「分かりました。それがしも、それが気になりましてね」

「それと、帳簿に何が書いてあったのか。十年前のことだから、当時の書役《かきやく》は生きているのではないか?」

「はい。それがしも、そう思い、上司の与力に尋ねたのです。当時調べにあたった与力や、調書を書いた書役同心はまだ生きているから、直接会って、話を聞き出せばいいといっていたのです」

「ほう。それはおもしろい。ぜひ、彼らに会って、話を聞き出してくれぬか」

「分かりました。その元与力や同心と連絡を取ってみます。もうだいぶ高齢らしいので、うまく話が聞き出せるかどうか、分かりませんが、やってみましょう」

戸口に大門の姿が現れた。

「殿、おられますかな？」

「おう、大門、どうした？」

大門は部屋の中を見て、立ち止まった。

「あ、お客ですか。なんだ小島殿ではないか。それに、忠助親分と子分の末松も」

「昨日の鼠についてきいていたところだ」

「そうでしたか」

大門は浮かぬ顔をした。

「大門は、どういう用事だ？」

「隣のおかみさんから知らせがありましてね。怪しい連中が長屋の周辺をうろついていたというのです。それで、いかがいたしましょうか、と」

文史郎は小島に向いた。

「ちょうどいい。忠助親分と末松に、不審な男たちを調べてもらいたいのだが」

「いいでしょう。忠助親分、いいな」

「へい。なんでしょう」

忠助が腰を低くして、文史郎に訊いた。

左衛門が文史郎に代わって、越して来た源七、お久美親子がつきまとわれている話をした。

「で、怪しい連中ってえのは？」

「拙者が案内しよう」大門がいった。

「分かりやした。さっそくに。おい、末松、出掛けるぞ」

忠助は末松に顎をしゃくった。

「待て、親分。左衛門、あれを」

「はい」左衛門は懐から金子を取り出し、忠助親分の手に握らせた。

「末松どんにも分けてやってくれ」

「左衛門様、こんなにいただいちゃあ」

忠助はいったんは返そうとしたが、左衛門がいい、というと、

「そうですかい。では、遠慮なく頂いておきやす。末松、行くぜ。大門様、どうぞ」

忠助は末松を引き連れ、大門について外へ出て行った。

第三話　陰謀の巷《ちまた》

一

暮れ六ツ（午後六時）の寺鐘が響いた。
庭に黄昏《たそがれ》の気配が寄せはじめていた。
池の畔《ほとり》の鹿威《ししおど》しが甲高《かんだか》い音を立て、静寂を追い払っている。
酒井養老は、供侍の片岡堅蔵を従え、座敷へ入って行った。
半蔵と、やや離れて、町人髷の若い男が平伏して酒井を迎えた。
酒井が床の間を背にした上席に正座した。
片岡は酒井の脇に陪席《ばいせき》した。
「お頭、申し訳ありませぬ」

半蔵は平伏したまま、謝った。

半蔵の後ろに控えた若い町人も平伏したままだった。

酒井は憮然とした表情で、腕組をした。

「事情はおおよそ片岡からきいた。さて、御家老になんと申し上げたらいいものか」

「まことに申し訳ありません。拙者、ここで、腹かっ切ってお詫びさせていただきたく……」

「馬鹿をいうな。半蔵、それはならぬぞ。そこもとが、この藩邸で腹を切ってみよ、御家老ばかりか、何も知らぬ紀州様にまでご迷惑をおかけしよう。そなたの切腹が公《おおやけ》になったら、幕府は何ごとかと、大目付、目付にそなたのことを調べさせよう。そして、もし、万が一、我らのしていることが表沙汰《おもてざた》になれば、紀州様が窮地に陥ろう」

「では、いかがいたしたら、よろしいかと」

半蔵は顔を上げた。

酒井は口をへの字にして、しばらく無言のままでいたが、やがて、口を開いた。

「事は荒立てず、すべては鼠小僧次郎吉一味の仕業にすればいいこと。おぬしたちが、表に出ることはならぬぞ。よいな」

「ははあ。仰せの通りにいたします」

半蔵はあらためて畳に額をつけるように平伏した。

「半蔵、いったい、何があったのか経緯《いきさつ》を申してみよ」

半蔵は顔を上げ、座り直した。

「申し上げます。次郎吉の鼠たちが密かに相馬屋の屋根に取り付いたところまでは順調だったのです」

「うむ」

「それがしたちも、次郎吉たちに呼応して、相馬屋の出入口を抑え、万が一に備えて庭に身を潜めておりました。あとは次郎吉たちが密かに店の主人の部屋に忍び込み、蔵の錠前を盗み出す。外の仲間に錠前を渡して、裏手の蔵を開け、中の金子《きんす》を頂くという手筈になっておりました」

「うむ。それで？」

「ところが、突然、どこからか石が飛んで来て、雨戸に当たったのです。それから事は急変しました」

「投石だと？　いったい、誰が投げたのだ？」

「分かりません。不意のことでしたので、我らも慌てました。どうやら相談人の細作《さいさく》

(密偵)が、どこかに潜んでいて、我らの動きを監視していたらしいのです」

「細作だと？　忍びのおぬしらも気付かなんだのか？」

「はい。まことに恥ずかしい限り。店の外に見張りを立てていたのですが、まったく油断でした」

「見張りの者は、まったく敵の細作がいることに気付かなかったと申すのか？」

「はい。見張りが気付いたときには、敵の細作は下の騒ぎに紛れて、屋根伝いに姿を消したそうです。見張りの者が追尾したのですが、結局、振り切られてしまいました」

酒井は首を捻った。

「ほう。鼠小僧次郎吉のお株を奪うようなやつではないか。いったい、何者なのだ、その細作の正体は？」

「……分かりません。いま手を尽くして調べております」

酒井は平伏している若い男にいった。

「次郎吉、面《おもて》を上げい。おぬしには、何か心当たりはないか？　同じ鳶仲間に細作をやるような者がいるのではないか？」

「……いないでもありませぬ。いま、手下に調べさせておりやす」

酒井は半蔵に視線を戻した。

「それで、どういうことになったのだ？」

「はい。石の音で休んでいた用心棒たちが気付き、雨戸を開けた。そして、すぐに屋根の上の次郎吉たちに気付き、さらに庭に潜んでいた我らに気付いた。その後は、片岡殿がお話したかと思いますが、用心棒たちと斬り合いになった」

「用心棒というのは、剣客相談人のことか」

「さようにございます」

「用心棒たちは、二人だったというではないか」

「いえ。あとから、いま一人、髯の大男が加勢に駆け付けました」

「彼ら三人に対して、おぬしらは、倍する員数だったのではないか」

「いやはや、面目ありません。相談人を舐めてかかったため、失態《しったい》をしてしまいました。あの相談人たちは、聞きしに勝る剣客たち、容易ならぬ敵にございました」

「五人も斬られたそうではないか。うち二人が死んだ。もう一人は生きてはいるが重体になっており、残る二人は軽傷だが、しばらくは使いものにならぬと」

「はい。まこと面目ないこと」

「さすが柳生のおぬしも参ったと申すのか」

「昨夜は油断していたために負けただけでござった。次の機会に彼らに遭ったなら、決して負けはしないでしょう」

「その場には、片岡も居たろうに。なぜ、片岡に加勢を頼まなかった？」

「それがしたちにも、柳生としての意地と面目があります。なんとしても、己たちの力で、剣客相談人たちを斬り倒したいと」

酒井は苦笑いし、傍らの片岡を見た。

「仕方がないのう。片岡、おぬしは、なぜ、傍観しておったのだ？」

片岡堅蔵は半蔵を見ながら薄笑いを浮かべた。

「半蔵殿から、手出し無用、と堅く申し渡されていたのです。加勢はいらぬ、といわれているのに、勝手に加勢するわけには参りますまい」

「片岡、おぬし、その剣客相談人を、どう見た？」

「確かに三人とも、いずれ劣らぬ剣客と見ました。とりわけ、殿と呼ばれている男の腕は冴えておりました。それがしの目に狂いがなければ、心形刀流だと思われます」

酒井は笑みを浮かべた。

「片岡、無外流《むがいりゅう》の達人であるおぬしなら、心形刀流に勝てるか？」

「さあ、これぱかりは……やってみなければ分かりませぬな。しかし、あの男、相手にとって不足はありません」

半蔵が口を開いた。

「片岡殿、あの剣客相談人たちは、それがしたちが片付けますゆえ……」

「半蔵、今度は拙者に任せよ。おぬしたちこそ手出しせずに見ているがいい」

片岡は冷ややかにいった。

「何を申される。……」

半蔵は血相を変えて、身を乗り出した。

酒井が笑いながら、半蔵と片岡を制した。

「まあまあ、半蔵、片岡、まあ待て。おまえたち仲間争《そむ》いしている場合か」

半蔵も片岡も顔をしかめて黙った。互いに顔を背けている。

酒井は腕組をした。

「半蔵、おぬしたちはしばらく相談人に手を出すな。おぬしたちが襲えば、昨夜の鼠の一味だと分かり、かえって藪蛇《やぶへび》になる」

「……はい」半蔵は不満そうに下を向いた。

「片岡、おぬしがそれと分からぬように、相談人たちを始末しろ」

「畏まりました」

片岡は満足気にうなずいた。

酒井は半蔵に顔を向けた。

「半蔵、相談人は片岡に任せ、おぬしは引き続き、次郎吉たちを護衛し、札差や蔵元から金子《きんす》を集めよ。いいな。それが本来のおぬしの役目ぞ。分かったな」

「はい。分かりました。仰せの通りにいたします」

半蔵は覚悟を決めたようにいった。

酒井は半蔵の後ろに控えた次郎吉に声をかけた。

「次郎吉、ご苦労だが、半蔵と協力して、商家の懐具合を探って、報告してほしい」

「畏まりました。ところで、この度、失敗した相馬屋は、いかがいたしましょうか」

「しばらく様子を見よう。相談人が居る間、近付かない方がよかろう。それよりも、まだ入っていない札差や蔵元に入ってもらいたい」

「分かりました。そういたします。それは、そうと、米問屋は、いかがいたします？談合で米相場の価格を吊り上げ、ぼろ儲けし、高利貸し以上に私腹を肥やしておりますが」

「ははは。二代目次郎吉として義賊の血が騒ぐか。いいだろう。やれ。ただし、どこを狙うかは、半蔵と相談してやるように」

「はい。半蔵様、よろしうお願いいたします」

次郎吉は半蔵に頭を下げた。

「うむ。よしなにな」

半蔵はうなずき返した。

また鹿威しの音があたりの静寂を破った。

障子戸に夕闇がひたひたと押し寄せていた。

二

定廻り同心小島啓伍は、いまにも崩れそうな古い組屋敷の格子門をくぐった。猫の額のような小さな庭は手入れされていないので、草が茫々に生えていた。

小島は古びた玄関先で訪《おとな》いを告げた。

咳き込む声に続いて、「どうれ」という嗄《しゃが》れた声が奥からきこえた。やがて白髪頭の背の低い老人が現れた。

「元南町奉行所で長年書役をなさっておられた浜崎哲之典《はまざきてつのすけ》様でございますか？」

「さよう。それがしが、元書役の浜崎だが、いかな御用かな」

浜崎は一目で後輩の同心の小島に、親しみを覚えた様子だった。

小島は名乗り、手土産の菓子折りを浜崎に差し出して、昔の話をお尋ねしたい、と切り出した。

「まあ、上がりなされ」

浜崎の許には、あまり人が訪れることがないのだろう。奥方がいる気配もない。玄関に続く居間も掃除をした様子がなく、書物が乱雑に積み上げられ、埃《ほこり》や塵《ちり》を被っていた。

浜崎は菓子折りを仏壇に供え、ちーんと鐘を鳴らして、手を合わせた。

おそらく浜崎は連れ合いを亡くしたのだろう、と小島は同情した。

浜崎は仏壇を背に小島に向き直った。

「なんのお構いもできぬが、この爺に、いったい、何を訊きたいのかな」

「鼠小僧次郎吉についてです」

小島は、いま江戸を騒がしている鼠小僧次郎吉と名乗る盗賊について話し、その調書や書類が、なぜか書庫から消えていることを告げた。

ついては失われた調書や書類に何が書いてあったのか、ぜひとも、先輩同心である元書役浜崎に思い出していただきたい、といった。

小島の若くて率直なものいいに、浜崎老人は好感を持ったらしく、目を細めた。

「うろ覚えだが、何が知りたいのかな？」

「鼠小僧次郎吉は獄門に懸けられたということですが、生きているのでは？」

「まさか。そんなことはない。次郎吉は死んでおる。過去帳は、わしが書いたのだからな」

「やはり、次郎吉は死んでましたか」

「獄門首も晒された。わしは見ていないが、同僚たちが、しんみりと酒を飲みながら、そういっておったのを覚えておる」

「次郎吉には、家族がいたとききました」

「女房と子供が二人おったはずだが」

「お内儀の名前は覚えていますか？」

「うむ。高名な義賊の次郎吉の女房だ。覚えておる。たしか……ううむ。ここまで、思い出しておるのだが、すぐには出てこんな」

浜崎は喉許に手を当て、首を捻った。

「ううむ。なんと申したかのう」

「子供の名は覚えておられますか？」

「子供のう。一人は男子で、いま一人は女子だった。やや年の離れた兄妹で、次郎吉が刑死した当時、兄は十二歳、妹はまだ七歳ぐらいだったろう。男子の名はたしか、蛍《ほたる》だったか」

「蛍ですか？」

「そう。それは通称だ。ほんとうは、たしか、蛍助、いや、蛍吉だったか。そう、思い出した。蛍吉だ」

浜崎は確信を持ったようにいった。

「妹の名は？」

「可愛い子でな。覚えておる。たしか、お篠《しの》だった。うむ、お篠といっていた」

「蛍吉にお篠ですか」

「もう一昔前、十年前のことだから、いまは兄の蛍吉は二十二歳か。とすると妹のお篠は十七歳の娘盛りか」

浜崎は昔を思い出すように目を閉じて、懐かしんでいた。

「次郎吉には仲間がいたのでしょうね」

「いた。だが、次郎吉は、どんなに拷問にかけても仲間のことは歌わず（喋らない）、みんなを庇ったらしい。だから、調書には書くことがなくて空欄だった。それで、わしはよく覚えている」

「次郎吉は、普段は、なんの商売をしていたのですか？」

「鳶だよ、鳶職人」

「鳶職だったのですか。だから、身軽に屋根なんかを動き回り、飛び回ったのか」

「それに、火事のときには、火消として働いていた」

「火消ですか。町火消か何かだったのですかね？」

「いや。次郎吉は、紀州様の屋敷に雇われていた。紀州鳶だったはずだ」

「ほほう。紀州鳶ねえ」

「それも、次郎吉は紀州鳶の頭《かしら》をしていたはずだ。大勢の臥煙を率いて、火消の先頭に立っていた」

「ただの盗賊ではなかったんですね」

「ああ。だから、捕り方が捕まえて来たとき、お奉行は困った。なんといっても、紀州様は徳川将軍様に繋がるお家柄だ。その紀州鳶を捕らえたのだから、奉行所の中は上を下へのてんやわんやの大騒ぎになった」

「分かります。いまだって、似たようなことがしょっちゅうありますんで」

「そうかい。そうだろうな。それで、書役のわしのところにも、次郎吉が紀州鳶だったという記述は秘匿するように、と通達があったほどだ」

「秘匿するということは、記載しないということですか？」

「いや。取り調べ調書だから、すべては書いておかねばならない。ただ、閲覧《えつらん》はお奉行や与力以上に制限される措置だ」

浜崎は、そこまでいって頭を振った。

「そうそう。思い出した。次郎吉の取り調べについては、火付盗賊《ひつけとうぞくあらた》改めから横槍が入ってな。次郎吉の身柄《みがら》を寄越《よこ》せとな」

「どうして火付盗賊改めが横槍を入れたのです？」

浜崎は目をしょぼつかせた。

「次郎吉は武家屋敷に忍び込み、盗みを働いた。武家地での盗みだ。町方の管轄ではない、というのだ。それに火盗改《かとうあらため》も必死になって鼠小僧次郎吉を追っていた矢先に、町方が捕まえたので面目を失ったからだろう」

「なるほど」

「火盗改は、なんとしても次郎吉を取り調べたい、身柄を引き渡せといって来た」

「お奉行は、なんと答えたのです？」

浜崎は煙草盆を引き寄せ、キセルの火皿に莨《たばこ》を詰め、種火を点《つ》けて莨を吸いはじめた。

「お奉行は頑として、火盗改の要求を撥ね付けた。次郎吉は町地に住む町人だ。町人の犯罪は町方が取り締まると」

「しかし、浜崎さん、次郎吉は大名火消、紀州鳶だったのではないですか？　大名火消だったら、町方は手が出せないのでは？」

「たしか、当時、次郎吉を取り調べていた与力やお奉行も、そう考えていた。それで、次郎吉が紀州鳶の頭だと自供したので、奉行所としては、一応紀州藩の了解を得ようと、紀州様の藩邸に知らせた」

「返事は？」

「ところが、紀州藩は、次郎吉なる者など当藩の火消にはいない。鼠小僧次郎吉について当藩はまったく与《あずか》り知らぬこと。従って、次郎吉についての処遇は、町奉行所の自由にされるようにという返事だった」

「冷たいものですね」

「紀州藩が次郎吉の身柄を引き渡せというのなら、お奉行も引き渡すおつもりだったと思う。ところが、紀州藩の代わりに、火盗改が出て来たので、お奉行は、それは筋が違うと、要求を拒否なさったのだ」

小島は十年前もいまも、あまり変わらないな、と内心で思った。

火盗改と町奉行所は、いまもしばしば事件をめぐって対立している。

町奉行所は町地が管轄地域で、捕り方は町地に住む町人や浪人を捕らえることができるものの、旗本御家人や諸藩の武家を捕まえることはできない。武家地、寺社地での犯罪を扱う権限はない。

それに対し、火盗改は凶悪犯罪なら、武家地、寺社地、町地のいずれにおいても、下手人《げしゅにん》を捕まえることができる。しかも、武士、町人、僧侶、浪人者に関係なく、犯罪者と見たら、誰でも捕まえることができる。

そのため、火盗改は、自分たちは町奉行所よりも上位にあるという驕《おご》りを持っていた。

一方、町奉行所は自分たちこそ、江戸の町の治安を守っているという自負があり、火盗改なにするものぞ、の気概がある。

それに奉行所は下手人を捕まえても、取り調べにおいて、やたらに拷問にかけることはない。拷問にかける場合、お奉行に上申《じょうしん》して許可を得ねばならない。

奉行所は、一応容疑者が申し開きができる裁きの場を設け、そこでお奉行がおもむろに判決理由を告げて、被告人に刑罰を言い渡す。

ところが、火盗改は捕まえた容疑者を、容赦なく拷問にかけて自白させ、犯人に仕立て上げる。お裁きをする白洲《しらす》の場も何もなく処刑してしまう。

火盗改に捕まったら、生きて釈放されることはない、と誰もが恐れた。

町方の小島たちにすれば、火盗改は乱暴極まりない邪道な捕り方だった。

それだけに町方が捕らえた下手人を、そう簡単には、火盗改に渡すことはなかった。

「それで、どうなったのです？」

「最後には、大目付が出て来て、お奉行に圧力をかけた。結局、さすがにお奉行は、大目付には逆らえず、渋々と次郎吉の身柄を火盗改に引き渡した」

「大目付まで出て来たのですか」

「おそらく、頑としていうことをきかないお奉行に業《ごう》を煮やした火盗改が、大目付に泣き付いたのでしょう」

「なるほど」

町奉行は老中支配だった。

大目付は全国の諸大名と、老中支配の役人を監察統制する役目だ。その大目付が乗り出したということは、さらに上の老中の意向が働いていたのだろう。

小島は頭を振った。

「火盗改に引き渡された次郎吉は、どうなったのです？」

「それは、わしらも与《あずか》り知らぬことだ。だが、容易に想像はつく。次郎吉は毎日拷問にかけられ、締め上げられたことだろう」

「そうでしょうな」

「数日経って、鈴ヶ森に連れて来られた次郎吉は、二目《ふため》と見られぬほど顔が腫《は》れ上がり、痩《や》せさらばえていた。獄門台に晒された首は、まるで別人みたいだった。可哀相に、散々いたぶられたのだろうよ」

「火盗改は、いったい、次郎吉に何を白状させようとしたのでしょうね」

「次郎吉の自供についての報告書は、調べる手間を省くため、次郎吉の身柄とともに火盗改に渡してあったから、何も調べることはなかったはず。だから、おそらく、腹《はら》癒《い》せに次郎吉を痛めつけたのだろう。次郎吉は、火盗改が管轄している武家屋敷をさんざん荒していたからね」

浜崎はキセルの首を、灰吹きに当てて、灰を落とした。

「次郎吉は、なんといっても、盗みはしたが、貧乏人や弱い者を助けた義賊だからね。町奉行所だったら、同じ獄門晒し首になるとしても、処刑の日までは、一人の人として大事にされたことだろう。火盗改に渡されたのが、運が悪かったね」

「そうでしたか」

小島は考え込んだ。

まだ浜崎は調書の中身については、何もいっていない。

いったい、次郎吉は、どんな自供をしたのだろうか？

「書庫の書架から持ち出された調書には、何が書いてあったのですか？」

「忘れたな。もう、十年も前のことだ。わしも耄碌《もうろく》しておるのでな」

浜崎はまたキセルを吹かしはじめた。

「自白の中身以外は、何が書かれていたのです？」

「おぬしも同心なら、書庫でいろいろ事件帳を見ておろう？」

「はい」

「それを思い出せばいい。事件についての諸々《もろもろ》だ。誰が取り調べたか、誰が立ち合ったかとか、だ」

「次郎吉を取り調べた同心は、誰だったのか、覚えていませんか？」

「うーむ。誰だったかな。ああ、思い出した。あれは同心の池上《いけがみ》殿だった」

「池上勇人《はやと》様ですか？」

池上勇人なら知っている。

池上は亡くなった父小島忠之《ただゆき》の親しい同僚だった。温厚な性格の同心で、取り調べる容疑者を情け心で改心させるので有名だった。家督と同心職を息子の池上正人《まさと》に譲り、奉行所を勇退した。いまは、ご隠居として、同心の組屋敷で悠々自適の生活を送っている。

「そう、池上殿なら、わしよりも年下だし、まだ惚《ぼ》けてはおらぬだろう。そういえば、彼は、次郎吉が死んだあとにも、しばらく調べを続けていたと思う。池上殿に話を訊いたらいいと思う」

浜崎は穏やかな笑みを口許に浮かべた。

三

呉服屋清藤の店には、五、六組の女客たちが、番頭や手代を相手に談笑していた。

文史郎が左衛門や大門を連れ、店先に入って行くと、すぐさま番頭が「いらっしゃいませ」と立ち上がった。

番頭は丁稚に、旦那様を御呼びして、といいながら、文史郎たちを内所に案内した。

文史郎たちが内所に上がり、くつろぐ間もなく、揉み手をした権兵衛が現れた。

「いやあ、いまや、剣客相談人様たちは大変な評判ですよ」

「…………？」

文史郎が戸惑っていると、権兵衛は手にした瓦版を差し出した。

文史郎は刷りたての瓦版を見ながら、溜め息をついた。

予想していたことだが、派手な錦絵が描かれた瓦版だった。

「おう。もう出ておるか」

大門が後ろから覗き込んだ。

「おやおや、今回も派手に描かれていますなあ」

左衛門は呆れた顔で瓦版に見入った。

文史郎を真ん中にして、右に左衛門、左に大門が、歌舞伎役者紛《まが》いの揃いの衣裳を着て、いずれも目をひん剝き、大手を拡げて見得を切っている。

『剣客相談三人衆、鼠小僧次郎吉一味相手に獅子奮迅《ししふんじん》の大立ち回り』

おどろおどろしい大見出しが紙面に躍っている。

「以前にも、こんな風に瓦版の錦絵で描かれたことがありましたな」

脇から左衛門が覗き込み、やれやれと頭を振った。

「ほら、偽殿騒ぎの折にも、似たような絵柄で描かれたではないですか」

「うむ」

「殿も左衛門殿も、結構、いい男に描かれているではないですか」

後ろから覗いた大門が顎髯を撫でながら笑った。

「三人のなかで、鍾馗様《しょうきさま》のような大門殿が、一番格好よく見得を切っているじゃあないですか」

「そうかなあ。拙者は殿の方がいいと。実物以上にやさ男で、美男子に描かれている」

「そうかのう?」

文史郎はもう一度、錦絵を眺めた。

白刃をきらめかせた黒装束たちが、三人を囲んでいる。

鼠小僧次郎吉らしい小男が屋根の上から、三人を見下ろし、こちらも小さく見得を切っている。

「粗茶だけんど、どうぞ」

下女が湯呑み茶碗を載せた盆を運んで来て文史郎たちの前に置いた。

「お清、玉露だ。玉露を出しなさい」

権兵衛が小さな声で叱った。

「旦那様、たとえ玉露でも客に出すときは、粗茶っていえっていったべな。粗茶のときは、ただお茶といって出せばいいって」

　お清は頰を膨らませた。

「分かった。もういいから下がって」

　権兵衛は手で下女のお清を下がらせた。

　お清はぷんぷんしながら奥へ消えた。

「…………」

　文史郎は湯呑みに鼻をひくつかせた。

　確かに玉露だ。玉露の高貴な匂いがする。

「はい。これが、相馬屋さんから頂いた約束の御代です」

　権兵衛は紙包みを文史郎の前に差し出した。

「うむ」

「では、遠慮なく頂戴しておきます」

　左衛門が脇からさっと手を出し、文史郎の前の紙包みを取り上げた。

　すぐに紙包みを拡げ、小判の枚数を確かめた。

「確かに」

左衛門はうなずいた。

権兵衛は、揉み手をし、愛想笑いをしながらいった。

「いかがでしょう？　お殿様、相馬屋だけでなく、松本屋《まつもとや》や相模屋《さがみや》にも、一度、お立ち寄りになっていただけませんか？」

「我らは相馬屋一店で手いっぱいだが」

「そうおっしゃらずに、ちょっとお店にお顔を出していただくだけでいいのですが」

左衛門がいった。

「殿のおっしゃる通りですぞ。権兵衛殿、相馬屋一店を守るのも容易ではござらぬ」

「そう。身の二つだになきぞ悲しき」

大門は笑った。

権兵衛は揉み手をしながらいった。

「相馬屋はもう大丈夫でしょう。あれだけ騒いだところですよ。いまは店には町方も出入りして警戒しています。鼠たちは滅多《めった》なことでは入れないでしょう。皆さんは鼠たちの侵入を防ぐという務めを十分に果たしました。契約は果たしたので、もう相馬屋の警護は終わりです」

「さようか」

「そうでなくても、うちには相談人様に用心棒をお願いしたい、という依頼が殺到しておりまして、ぜひ、ほかの店の面倒も見てあげてほしいのです」

「しかし、我ら三人、ばらばらになっては、あの鼠たちに太刀打ちできん。あの鼠一味には、どうやら柳生の侍一団もいるようだ。敵はなかなか手強《てごわ》い。鼠小僧次郎吉一味は、ただの盗人たちではない。一度に何店もは面倒を見きれない」

「そうおっしゃらずに、今度は、ちょいと昼間に一度、店に顔を出すだけでいいんです」

「どうして、それだけでいいのだ？」

「鼠一味は、必ず押し入る前に、店への人の出入りを見張っているはず。そこに、お殿様たちが出入りしておれば、相馬屋で懲りた鼠はその店に忍び込むのを躊躇するだろうと思うのです。羹《あつもの》に懲りて膾《なます》を吹くというではありませんか。それが付け目なのですと」

「なるほど。権兵衛、考えたな」

権兵衛は破顔一笑した。

「お殿様たちの悪知恵には敵《かな》いませんよ」

「悪知恵？　なんのことだ？」

「失礼、悪知恵ではありませんね。ともあれ、お殿様たちの謀《はかりごと》に比べれば、私の考えなど児戯《じぎ》に等しいでしょう」

「権兵衛、何をいっておるのだ」

「御隠しなされても、私は分かってますよ。それにしても、お殿様たちも商売上手ですな。狙われそうな札差や蔵元の表戸に、堂々と鼠の絵を貼るなんて」

文史郎は目をぱちくりさせた。

「そんなことはしておらんぞ。のう、爺」

「はい。なんのことですかな」

左衛門は訝った。

「ほんと。権兵衛殿は、何をいっているのだ?」

大門も首を傾げた。

権兵衛は女のように手の甲を口にあてて笑った。

「ほほほ。また、皆さん、お惚けになられて。この期《ご》に及んでも、私に内緒にするなんて。水臭い。しかし、うまいことをお考えになりましたな。鼠の絵を店先に貼られた札差、蔵元は震え上がり、さっそくに私ども口入れ屋に、いい用心棒はいないか、と依頼に来る。店の不安を煽《あお》り、回り回って商売に繋げるというのでしょう? 感心しました」

「おいおい、わしらは鼠の絵を貼って回るなどしておらんぞ」

「ほんとに鼠の絵を貼って回っていたのは、皆さんではない、とおっしゃるのですか？」

「当たり前だ。なぜ、わしらがそんなことをやる？」

「ほんとに？　てっきり、皆さんがおやりになっているとばかり思いました」

「わしらに、そんな暇はないぞ」

「皆さん自体が、ということではなく、たとえば若い者を雇って貼って回らせているとか」

「そんなこと、考えたこともない」

「じゃあ、いったい、誰が絵を貼って回っているというのです？」

権兵衛は困惑してきょとんとした。

文史郎は頭を左右に振った。

「さあ。知らぬ。鼠たちがやっているのではないか」

「わざわざ鼠が、これから入るぞと、店に予告するというのですか？　そんな馬鹿な。以前、鼠に入られた札差の松島屋も田代屋も、蔵元の越前屋も大坂屋も、鼠の絵など貼られなかった。貼られたのは渥美屋からですよ」

「ほう。そうだったか」

「そんなことをしたら鼠の絵を貼られた店は奉行所に届けたり、皆さんのような強い用心棒を雇って防ごうとするだけではないですか。かえって押し入りにくくなる」

「ふうむ。それはそうだな」

文史郎はいいながら、ふと思いついた。

「爺、もしや……あやつらではないか？」

「殿、あやつらというのは、誰のことですか？」

「ほら、深夜に相馬屋に鼠が押し入ろうとしたとき、誰か分からぬが、雨戸に石を投げて、わしらに鼠の侵入を知らせた者がおったろう？」

「さあ。爺は気付きませんでしたが。そうでしたかね」

左衛門は半信半疑の顔だった。

文史郎はうなずいた。

「それだけでないぞ。大門、おぬしが長屋で寝ていたとき、加勢に来るよう、誰かが知らせてくれたのだろう？」

「そうでした。たしか油障子戸をどんどんと叩く音がして、誰かが小声で囁くように

『相馬屋に鼠が入った、お殿様たちが危ない』といった。それをきいて、それがしは驚いて飛び起きました」

大門がうなずいた。

「大門、その声に聞き覚えはないか？」

「押し殺した声だったので、分かりませんが、もしかすると……」

「なんだ？」

「女子だったかもしれません」

「なに、女の声だったというのか？　たしかか？」

文史郎が聞き直した。大門は頭を掻いた。

「いやあ、そのとき、それがし、ちと寝呆けていましたので、しかとは申せませんが、たしか小声でしたが、よく透る澄んだ女子の声だったように思います」

「大門殿、そのとき、好きな女子の夢でも見ていたのではありませぬか？　夢現《うつつ》できいて、夢の中の女の声と聞き違えた？」

左衛門がからかうようにいった。

「……図星でござる」

大門が驚いた顔で左衛門を見た。

「どうして、左衛門殿は、それがしの夢の中まで知っているのだ？」

「やっぱり。大門殿のことだから、だと思いましたよ」

左衛門は溜め息混じりに頭を振った。大門は慌てて文史郎に向き直った。

「ですが、殿、夢現でききはしましたが、あれは確かに女子の声だったように思います。だんだんと、そう思えて来た。あの声は女子だ」

文史郎は笑いながらいった。

「まあ、いい。女子であれ、男であれ、ともかく何者かは分からぬが、わしらに知らせてくれた者がいた。その同じ者が、なぜか、鼠の動きを知っていて、鼠が狙いをつけた店に事前に警告の鼠の絵を貼って知らせているのではないか？」

「なるほど。確かに何者かいるようですな」

左衛門はようやくうなずいた。

大門もうなずいた。

権兵衛が困惑した顔でいった。

「皆さんも御存知ない人で、鼠たちの動きを監視している人がいるとおっしゃるのですか」

「そうだ。何者かは分からぬが、わしらを密かに味方する者がいるらしい」

文史郎は腕組をした。

「味方ですか」

「いったい、何者でしょうな」

左衛門も大門も黙りこくり、それぞれ考え込んだ。

沈黙が内所に流れた。

たまりかねて、権兵衛が口を開いた。

「その誰か分からぬ御仁が、鼠の絵を貼りつけたお陰で、ありがたいことに、なんと米問屋の田原屋《たわらや》からの依頼が来ましたよ」

「なに？　米問屋の田原屋？」

文史郎は左衛門や大門と顔を見合わせた。

米問屋は、高利貸しをしている札差や蔵元以上に庶民から憎まれている。米問屋が、札差や蔵元と結託して、米価を吊り上げ、儲けていると思われたからだ。

「米問屋の田原屋はのう、庶民に評判が悪いからなあ」

大門が顎髯を撫でた。

文史郎も相槌《あいづち》を打った。

「貧乏人の味方である鼠の邪魔をするのは、ちと気が引けるのう」

左衛門が突然、憤然とまくしたてた。

「殿、何をおっしゃる。正義を重んじる相談人とは思えませんな。どうして高利貸しの相馬屋の用心棒はよくて、米問屋の用心棒はいかんというのですか。米問屋は評判は悪いけれども、全部が全部、悪いことをしているわけではありますまい。田原屋だけが、儲けるために勝手に米の値を吊り上げているわけではないでしょう」

「ま、それはそうだが」

「鼠小僧次郎吉一味は義賊だというが、やはり盗みは盗み。まして押し込み強盗は犯罪ですぞ。いくら、盗んだ金子《きんす》を貧乏人にばらまいても、盗みの罪、押し込み強盗の罪が許されるわけではありますまい」

「分かった分かった。爺のいう通りだ」

文史郎は左衛門に降参した。

大門も舌鋒《ぜっぽう》鋭い左衛門に目を丸くした。

「今日は、左衛門殿、冴えておりますな」

「いつものことでござる」

左衛門は得意気に胸を張った。

文史郎が小さな声で訊いた。

「爺、そうなると、盗人の鼠が投げ入れた金子などは受け取れぬな。先日の一両、いかがいたす？」

「だからといって長屋に投げ込まれていた一両、返すつもりはござらぬ」

「ほう。なぜに」

「あれは天からの賜《たまわ》り物《もの》。浄財《じょうざい》として遣わせていただきましょう」

左衛門は顔をしかめ、文史郎にそっと小声でいった。

「それに返そうにも、あの金子はすでに遣ってしまいました」

権兵衛が笑いながら、文史郎に向いた。

「では、田原屋の用心棒をお引き受けなさってもいいのですな」

左衛門が文史郎に代わっていった。

「まずは田原屋に会って、話をきいてからにしましょう。噂通りに田原屋がほんとうにワルであったら、それがし、前言取り消して、用心棒を断ることもあり得ますのでな」

権兵衛はうなずいた。

「分かりました。では、そういたしましょう。それはそうと、立ち寄るだけでもいいから、ぜひと申している札差や蔵元については、いかがいたします？」

左衛門が文史郎に向いた。

「殿、立ち寄るだけでいい、ということなら、行ってみますか」

「うむ。そうするか。大門は、どう思う？」

「拙者、殿の御意《ぎょい》通りに」

大門も同意した。権兵衛がほっとした顔でいった。

「では、さっそくに出掛けましょう。各店に立ち寄って、最後に田原屋へご案内いたします」

四

文史郎たちが最初に立ち寄ったのは、蔵前の蔵元松本屋だった。

松本屋は主人をはじめ、番頭から丁稚にいたるまで総出で文史郎たちを迎えた。

「ようこそ、御出でいただきました。相談人様、これで私どもの店は安泰にございます」

主人の松本屋茂衛門《もえもん》は、感涙にむせびながら、文史郎一行を下にも置かぬもてなしで、奥の客間に案内した。

文史郎は床の間を背にした上座に座らされた。左右に大門と左衛門が座る。

向かい合って、主人の茂衛門と権兵衛が座った。

「ただいま、お昼をご用意してございます。どうか、ごゆるりとおくつろぎくださいますよう」

ちょうど昼時とあって、茂衛門は、予《あらかじ》め権兵衛から文史郎たちが立ち寄るという知らせを受け、準備万端整えていた。

「いや、拙者たちは、ちと立ち寄っただけで」

「そんなことはおっしゃらないで、ぜひ、御力をお貸しくださいますよう」

茂衛門は満面に愛想笑いを浮かべなら、手を叩いた。

すぐさまお内儀や女中たちが豪華な膳を運んで来て、文史郎たちの前に据えた。

「さあさ、お召し上がりくださいませ」

茂衛門はお銚子を捧げ持ち、文史郎の盃に酒をなみなみと注いだ。

「相馬屋さんでのご活躍は、瓦版にて、店の者一同、十分に存じ申し上げております」

「瓦版でのう」

文史郎は面映《おもは》ゆい思いで、左衛門や大門と顔を見合わせた。左衛門も大門も照れ臭そうな顔で盃を口に運んでいた。

「お殿様に、お願いがございます」

「何かのう？」

「ただいま用意させます」

茂衛門は振り向き、廊下に控えていた番頭にいった。

「番頭さん、巻紙と硯箱を用意して」

「はい。旦那様」

番頭は隣室に引き下がったかと思うと、すぐに硯箱を持って現れた。

番頭は文史郎の前に進み出ると、膳を脇に除け、代わりに硯箱を置いた。

すでに硯には墨は摺ってあり、太い筆も用意してあった。

茂衛門は文史郎の前に巻紙を拡げて置いた。

「お殿様、どうか、これにご一筆、お願いいたします」

茂衛門は深々《ふかぶか》と頭を下げた。

「なんと書したらいいのか？」

「お殿様、相馬屋さんにお書きになられた『剣客相談人御立寄所』を一筆お願いいたします」

「ああ、あれか。いいだろう」

　文史郎は太い筆を取ると、たっぷりと筆先に墨を含ませた。

　おもむろに巻紙に向かうと、大胆な筆使いで、一気に『剣客相談人御詰所《つめ》』と書き下ろした。

「御詰所でございますか」

　茂衛門は顔を綻ばせた。

「御立寄所よりもよかろう。いつもいるようで」

「はい、もちろんにございます。ありがとうございます。合わせて、猫の絵も、お願いいたします」

「猫の絵よりも、これが良かろう」

　文史郎は巻紙を拡げ、筆を取り、すらすらと書き付けた。

『鼠、これより入るべからず。剣客相談人』

「これらを店先の一番目立つところに貼っておくがいい」

　茂衛門は大喜びだった。

「いやあ、これはいい。ほんとうにありがとうございます。早速店先に掲げさせていただきます。番頭さん、お願いしますよ」

「へい、旦那様」

番頭は墨が乾く間もない巻紙を手に慌ただしく店先に戻って行った。

茂衛門は権兵衛に向いた。

「権兵衛さん、お殿様を説得していただき、ありがとうございました。詰所となれば、鼠たちも、おいそれとは押し入らぬでしょう。これで枕を高くして眠れるというものです」

権兵衛もうれしそうにうなずいた。

「これは本物の護符でございますからね。きっと効験《こうけん》あらたかにございましょう」

「もちろんでございます。では、これは、お約束の謝礼でございます」

茂衛門は懐から紙包みを取り出し、そっと文史郎の前に差し出した。

権兵衛がこほんと咳をし、文史郎の代わりに紙包みを受け取った。

「これは、お殿様に代わって私がお預かりしておきます」

茂衛門は文史郎に手をついて頭を下げた。

「お殿様、御詰所ということであれば、お立ちになる際、お一人でも、店に残していただけませんでしょうか。おそらく、この店を見張っている鼠の物見《ものみ》もほんとうに詰所となるのか見ていることでしょう」

「そうだのう。どうする、爺」

「では、こうしましょう。夜まで、大門殿に残っていただく。暗くなって人目につかぬようになってから、そっと抜け出し、田原屋に来てもらう。いかがでござるか、大門殿」

大門は酒が回り、赤い顔をしていた。

「分かった。拙者がここに残りましょう」

文史郎たちが店を出るときも、店の奉公人が総出で見送った。

見送りの人垣には、髯の大門がわざと目立つように傲然と立ち、あたりを睥睨《へいげい》していた。

店先の正面には、先ほど書いた『剣客相談人御詰所』『鼠、これより入るべからず』の二枚が麗々しく飾られている。

「夜には戻ります。ご安心を」

左衛門は大声で店の主人にいった。

「お待ちしております。剣客相談人様」

茂衛門も芝居気たっぷりにいい、頭を下げた。

「では、参りましょう」

権兵衛が先に立って歩き出した。

文史郎は左衛門を従え、権兵衛について歩きはじめた。

首筋に刺すような視線を感じた。

さりげなく頭を回して、あたりに目をやった。

向かいの商店の物陰に、黒い人影がさっと隠れた。

「爺、見たか」

「はい。物見らしい影が一人。いかがいたしますか？　捕らえましょうか」

「放っておけ。我らの詰所になったと報告するだろう。それで松本屋を襲わなくなれば上出来だ」

「分かりました。では、そっとしておきましょう」

左衛門はうなずいた。

文史郎と左衛門は、権兵衛のあとからゆっくりと歩き出した。

五

文史郎が権兵衛とともに、二軒目の蔵元相模屋を出たのは、だいぶ太陽が西に傾いたころだった。

相模屋も同じ蔵前に店を開いており、松本屋とは一丁と離れていない。

昼間から、酒を飲んだため、やや足許が覚束《おぼつか》なかった。だが、気分はいい。

相模屋も松本屋同様、文史郎たちの訪れを奉公人総出で歓迎した。

相模屋でも『剣客相談人御詰所』と大書することになったので、左衛門が夜まで相模屋に詰めることになった。

「お殿様、申し訳ありません。ほんの少し立ち寄るだけということでしたのに」

権兵衛は恐縮して何度も頭を下げた。

「いや、余が立寄所ではなく、詰所の方がいいのではと勝手に書いてしまったのがいけなかったのだ。権兵衛のせいではない」

「そういっていただくと気が楽になります」

権兵衛は腰を屈めて、文史郎の先に立って歩く。

田原屋は、天領からの年貢米の集荷場である「米蔵浅草御蔵」の近くにあった。米問屋の田原屋も同じ蔵前にあり、相模屋や松本屋から、あまり遠くはない。米蔵がずらりと並んだ一角に、田原屋の店舗兼家屋が建っていた。

「あちらでございます」

権兵衛は通りの先の大店を指差した。

店には役人やら商人やら大勢が出入りし、店はかなり繁盛している様子だった。

通行人が足早に行き交っていた。札差や蔵元、米問屋に出入りする商人や、供を連れた武家たちだ。

文史郎は歩きながら、ふとあたりに殺気を感じ、足を止めた。背筋に戦慄《せんりつ》が走った。

周囲を見回した。

通りの先の路傍で煎茶売りの行商人が、露店を開いていた。

小間物屋の行商人が煎茶売りの店に立ち寄り、担いでいた荷物を下ろして、煎茶売りと話をしながら、茶を啜っている。

菅笠《すげがさ》を被った鳥追い姿の女一人、三味線を弾きながら、新内《しんない》を歌っていた。

通行人が、鳥追いの女の前に置かれたどんぶり茶碗に投げ銭をして通り過ぎる。その度に、鳥追いは菅笠を傾けてお辞儀をした。

反対側の道端には、油売りの姿があった。天秤棒を下ろし、前後に吊していた油桶を地べたに置き、のんびりとキセルを燻《くゆ》らせながら休んでいる。

その傍らに虚無僧《こむそう》が立ち、尺八を吹いていた。

文史郎の後ろからは、箒《ほうき》売りの行商人が声を張り上げ、箒を満載した籠を天秤で担いでやって来る。

怪しい者はいない。

いったい、どこから殺気は来る？

文史郎は全身の毛が逆立つのを覚えた。

ふと左手の路地の角から、一人の武士が出て来たのに気付いた。

武士は着流し姿で、懐手をしたまま、文史郎を睨んでいる。

殺気は、その武士から放たれていた。

武士はさりげなく文史郎に目をやると頭を下げた。

文史郎は先を行く権兵衛を呼び止めた。

「権兵衛」

「はい。いかがいたしました？」

「ちと用事ができた。済まぬが、おぬし、一足先に行ってくれ。あとから参る」

権兵衛は戸惑った顔になった。

「しかし……」

「いいから、黙って行け」

文史郎は武士をはったと睨みながら低い声でいった。

権兵衛は文史郎と武士の様子を見て、すぐにただならぬ事態なのを悟った。

「は、はい」

権兵衛は振り返り振り返り、あたふたと通りを急ぎ、最後には田原屋へ向かってばたばたと走り出した。

武士は静かに歩を進め、文史郎の真正面に立ちはだかった。

「剣客相談人、大館文史郎殿とお見受けしたが」

「いかにも。おぬしは？」

「藩士、片岡堅蔵。故あって藩名はご容赦願いたい」

「よかろう。して貴殿の用件は？」

「お命頂戴仕《つかまつ》る」

片岡堅蔵は、腰の大刀をすらりと抜いた。

それを合図に通りで店を開いていた行商人たちが、一斉に道具を放り投げ、衣裳をかなぐり捨て立ち上がった。

煎茶売りも、茶を飲んでいた小間物売りも、キセルを吹かしていた油売りも、そろって脇差しを抜いて、身構えている。

後ろから来る箒売りも、籠から脇差しを抜き、文史郎の背後に付いた。通行人と見えた商家の番頭と手代も、脇差しを抜き放った。

罠か。

文史郎は怖気《おぞけ》立った。

虚無僧は尺八を吹くのをやめ、深編笠を脱いだ。

「そうか。おぬしら、昨夜の柳生だな。余のことを待ち伏せておったのか」

文史郎は刀の鯉口を切った。

片岡が虚無僧姿の男の方を見ずにいった。

「半蔵、手出し無用。邪魔するな。この剣客相談人大館殿は、拙者一人で始末する」

「しかし」

「しかしも何もない。お館《やかた》様の命令に背くというのか」

「…………」

半蔵と呼ばれた虚無僧は黙った。

「あらためて、尋常に立ち合ってもらおう」
「理由《わけ》を聞こう」
「問答無用」
片岡は青眼《せいがん》に刀を構えた。
文史郎も刀を抜いた。相青眼《あい》に構えた。
草履を脱ぎ捨て、足袋だけになっている。
相手はすでに草履を脱ぎ、足袋だけになっている。
片岡の軀が巌《いわお》のように大きくなり、文史郎を威圧する。
全身から猛烈な殺気が放出されはじめた。
文史郎がこれまで遭ったことのないような凄まじい殺気。
間合い二間。
文史郎は、相手の打ち込みを予期して、右八相に構え直した。
守るもよし、攻めるもよし。
片岡が徐々に足を前に進め、間合いを詰める。
文史郎も一歩も引かず、前に進みながら、徐々に八相から右斜め下段に構える。
片岡の軀が不意に動いた。一足跳びに間合いを詰める。

文史郎も引かずに前へ出た。
一瞬にして斬り間に入った。
片岡の刀が真っ向から振り下ろされた。
文史郎は下段から片岡の刀を打ち払った。
火花が飛び、甲高い刀の音が鳴り響いた。
弾かれた片岡の刀はわずかに軌道がずれ、文史郎の左肩をすれすれに掠めて過ぎた。
文史郎は打ち払った刀で、片岡の胴を斬り払った。
ふっと片岡の軀が飛び退き、刀は虚空を斬った。
片岡は刀を文史郎の胸に送り込んだ。
文史郎は片岡の刀を刀の鎬で受け、撥ね除けた。
文史郎と片岡の軀は互いに何度も交差しては入れ替わった。
その度に、双方の刀がきらめいた。
二人は何度か刀を打ち合ったあと、互いに後方に飛び退いて、間合いを取った。
呼吸を整える。
いつの間にか、文史郎の右袖が切り裂かれていた。右腕に焼けるような痛みを覚えた。

血が流れ、袖を濡らしている。

片岡はにやっと笑った。

文史郎は今度は左八相に構えた。右腕から血が流れている。

片岡は青眼に構えた。

出来る、と文史郎は思った。

「遊びは終わりだ。そろそろ決着をつけようぞ」

片岡は嘲《せせ》ら笑い、刀身を水平にし、左腕に載せた。右手で刀の柄を握って、後ろに引き、切っ先を文史郎の喉許に向けている。

見たこともない奇妙な構えに、文史郎は一瞬戸惑った。

片岡の刀はほぼ左袖に隠れて見えなくなり、切っ先だけが右腕の上からちらりと覗いている。

片岡の顔は半ば袖の陰に隠れ、ぎょろりと二つの目が異様に光を帯びて、文史郎を睨んでいる。

秘太刀？

片岡の手許が見えない。どのように動くというのか？

おそらく突きだ。

文史郎は、その構えから、そう悟った。

片岡の右足がすり足で、そろそろと前に出て来る。間合いがじりじりと詰まる。

猛烈な殺気が文史郎に放出される。

あまりの気に圧《お》され、文史郎は後退したくなった。

文史郎は決意した。

前に出て斬る。でなければ斬られる。

一瞬、文史郎は一足飛びに間合いを詰めた。刀を袈裟懸けに片岡に振り下ろした。

片岡の軀がふっと消え、横に瞬間移動していた。

文史郎の刀は虚しく空を切って落ちた。

斬り下ろしながら、袖の陰から、片岡の刀が真直ぐ文史郎に向かって伸びて来るのが見えた。

突きか。

早い。電光石火だ。

文史郎は咄嗟に脇に飛んで突きを避けた。足許の小石を踏み外し、体《たい》が崩れた。

片岡の刀が突きから、流れるように斜め上段に変わり、一閃して振り下ろされた。

文史郎は地面に転がり、片岡の刀を避けた。

太刀風が文史郎の頰を過《よぎ》った。

片岡は素早く文史郎に駆け込み、大上段に刀を振りかざした。

起き上がろうとすれば、片岡の思う壺だ。必ず起き上がる瞬間に斬りかかる。

起き上がる間はない。文史郎は寝転がったまま刀を構えた。

文史郎は、寝転んだ姿勢で、片岡に両足を向けた。刀を向け、片岡の動きに応じて動く。

片岡は文史郎の体勢を見て一瞬、迷った。

下手《へた》に斬りかかれば、文史郎に下から突きを入れられる。

片岡が横に回り込もうとすると、文史郎も背中を地面につけたまま回り、片岡に両足を向けて動く。

片岡は寝転がった相手と対戦したことはない。

「さあ、立て。でなければ」

片岡は刀を逆手《さかて》に持ちかえた。両手で柄を握り、切っ先を文史郎に向けた。振り下ろして斬るよりも、刀を突き刺した方が楽だ。

不意に石飛礫《いしつぶて》が風を切って宙を過った。

石飛礫は片岡の顔面に命中した。

「……うっ」

片岡は呻き、手で顔を抑えた。

指の間から血が流れている。

周りの刺客たちが驚いてどよめいた。

文史郎は石飛礫が飛んで来た方角に目をやった。

鳥追いの女の菅笠が野次馬たちの人込みに隠れるのが見えた。隠れるとき、女の白い顔がちらりと文史郎を見て笑みを浮かべた。

文史郎は素早く立ち上がった。青眼に構え、体勢を立て直した。

「おのれ、何者！」

片岡は顔にあてた手を離し、周りを見回した。眉間《みけん》が切れて、血が噴き出している。

周りの刺客たちが、どこから石飛礫が飛んだのか、とあたりを見回す。

いつの間にか、通りのあちらに、こちらに野次馬が集まり出していた。みな固唾を飲んで立ち合いを見ている。

鳥追いの菅笠は見えなかった。

「皆の者、かかれ」

片岡の様子を見て、虚無僧が命じた。

行商人の格好をした刺客たちが一斉に文史郎に四方八方から迫った。白刃がきらめいた。

「待て。手を出すな。まだ勝負の途中だ」

片岡が叫んだ。

刺客たちは足を止めた。

「こやつは、わしが斬る。手出し無用といったはずだ。邪魔立てする者は、拙者が斬る」

片岡は怒声を張り上げた。

刺客たちは、みな動きを止めた。

後ろから左衛門の声が起こった。

「殿！　殿！　ご無事か。爺が御加勢いたす」

左衛門が腰の刀を抑えながら、髪を振り乱して必死に駆けて来る。

そのあとから、大門の声もきこえた。

「殿！　拙者も行きますぞ」

左衛門のあとから、髯の大門が心張り棒を小脇に抱え、袴の裾を翻して走って来る。

周りを囲んでいた刺客たちが二人を迎え撃とうと二手に分かれた。

「その者たち何をしておる！」

「狼藉は許さぬぞ！」

今度は通りの先から、数人の供侍が声を張り上げながら駆けて来る。

葵《あおい》の紋が入った揃いの羽織に裁着袴《たつつけばかま》姿の供侍たちだった。

あとから供侍に守られた権門駕籠《けんもんかご》が静々と進んで来る。

「紀州様の駕籠だ」

野次馬の間で囁き合う声が起こった。

供侍は野次馬たちを掻き分け、文史郎と片岡の間に走り込んだ。

「……片岡殿ではありませぬか」

供侍たちは片岡だと分かると、すぐに傍らに近寄り、耳打ちした。

片岡の顔色が変わった。

「半蔵、引け。……」

「なに」

「御家老が御出でだ」

虚無僧姿の男は駕籠の方を見た。

「引け引け」

虚無僧姿の男は配下に命じた。

行商人に扮《ふん》した刺客たちは一斉に引きはじめた。野次馬たちを掻き分け、左右の路地に駆け込んで姿を消した。

片岡は腰の鞘に刀を納めた。

「剣客相談人、この勝負、次回までお預けいたそう。次には、必ず勝負をつけ申そう。それでは、御免」

片岡は文史郎に一礼すると、刀を腰に納めた。くるりと踵を返し、懐手をして、悠々と引き揚げはじめた。

「殿、殿、大丈夫でござるか」

息急《せ》き切って、左衛門が駆け付けた。

「殿！　お怪我はござらぬか」

続いて大柄な大門が下駄の音も喧《やかま》しく、駆け付ける。

「大丈夫だ」

文史郎は刀を腰の鞘に納めた。

「殿、お怪我をされてますな。すぐに手当てをいたしましょう」

左衛門が文史郎の右腕を取った。

痛みが走った。袖の袂が千切《ちぎ》れかかっていた。袖を捲《まく》ると上腕部に二寸ほどの切り傷があった。血が傷口から滲み出ている。

「深手でなくてよかったですな」

左衛門は懐から手拭いを取り出した。口で手拭いを縦に引き裂いた。手早く傷口に手拭いを当てて緊縛《きんぱく》した。

大門が胸を張り、供侍たちを威嚇した。

「おぬしら、何者だ！　先ほどの曲者たちの仲間か」

「そういうおぬしたちこそ何者だ」

供侍たちは腰の刀の柄に手をかけ、警戒の目で文史郎たちを睨んだ。

左衛門が文史郎の前に出ていった。

「それは、こちらが尋ねたいところだ。おぬしたちは、どちらの御家中だ？」

「そういう貴殿は？」

供侍は用心して訊いた。

「こちらは元那須川藩主若月丹波守清胤様だ。いまは隠居されている身だが、世のため人のため、剣客相談人をなさっておられる。それがしたちは、その護衛の者だ」

供侍たちは、顔を見合わせ、刀の柄から手を離した。

「元お殿様でござったか」

「これは失礼いたしました。我らは紀州藩江戸家老石川主水丞《いしかわもんどのじょう》様の家中の者でござる」

文史郎はじろりと供侍たちを睨んだ。

「おぬしら、あの片岡とやらと顔見知りと見受けたが、あの片岡たちも御家中の者か」

供侍たちは動揺したが、年長らしい一人が慌てずに答えた。

「……いやいや、ただの顔見知りでござる。あの者たちは当藩にはなんら関わりなしにござる」

「さっきのやりとりを見ていると、そうとは思えぬな」

「いえ、ほんとうに、なんの関わりもない者でござって……」

供侍たちはしどろもどろになった。

権門駕籠の一行が近付いて来た。揃いの法被《はっぴ》姿の陸尺《ろくしゃく》たちが静々と担いで来る。

供侍たちは顔を見合わせ、文史郎に頭を下げた。

「では、これにて、御免」

供侍たちは引き下がった。彼らは権門駕籠に付いて歩く供侍頭に駆け寄り、何ごとかを耳打ちした。

供侍頭は、やや小柄で、白髪混じりの初老の侍だった。目がぎょろりとし、見るからに陰険な面持ちをしていた。

供侍頭は、じろりと文史郎を一瞥しながら、供侍にうなずいていた。

頭の侍は権門駕籠に近寄り、扉越しに何ごとかをいった。

「止めよ」

駕籠の中から声がかかった。

「は、しかし……」

「いいから、駕籠を止めよ」

その命令に陸尺が足を止め、権門駕籠を地べたに下ろした。

権門駕籠の扉が中から引き開けられた。

「酒井、剣客相談人だと」

「はい。しかし、御家老……」

酒井と呼ばれた供侍頭は顔をしかめた。

「…………」

先ほどの供侍の一人が駕籠に駆け寄り、家老に小声で何ごとか話をした。

「……元那須川藩主若月丹波守清胤様だと申されるのだな?」

「はい」

供侍が白鼻緒の草履を駕籠の前に揃えた。

家老は駕籠を降り、草履を履いた。

供侍頭の酒井が渋い顔で家老のあとに付いて歩いた。

「これはこれは、お殿様とはつゆ知らず、とんだ失礼をばいたしました。平《ひら》にお許しくださいますよう」

家老は中腰になり、文史郎に頭を下げた。

「拙者、紀州藩江戸家老の石川主水丞にございます。どうぞ、お見知りおきのほどを」

「それがしは那須川藩の元藩主若月丹波守清胤改め、大館文史郎。いまは、ただの隠居の身だ」

「そう申されても、やはりお殿様はお殿様にございますからな」

石川主水丞は慇懃《いんぎん》無礼《ぶれい》なものいいをし、じろりと文史郎を見た。

「しかし、若月丹波守清胤様は、ご隠居になられるにしては、お若い。なにか、若くして家督をお譲りにならねばならぬことがございましたかな」

「いかな小さな藩でも、家督をめぐる騒動がありましてな」

「なるほど。事情は察知いたします。うちの藩も、揉め事がありますからな」

「紀州藩は将軍をお出しになる徳川御三家の一つ。しかも五十五万石でござろう？　我が藩はわずか一万八千石の小藩、とても比較にはならぬ」

「ははは。正確には、五十五万五千石にござる。それとて、ただ大所帯であるだけ、大男総身に知恵は回りかねと申すではござらぬか」

「なるほど。それで右手でしていることを、左手は知らぬということもおありだということですな」

　文史郎は皮肉を込めていった。

「ほう？　いったい何のことですかな」

　家老は惚《とぼ》けて笑った。

　文史郎はいった。

「紀州藩の御家中と思われる輩に襲われましてな」

「我が藩の者に襲われたと？　なぜに？」

「それは、こちらがお尋ねしたいところだ」

石川主水丞は後ろにいる酒井を振り向いた。

「酒井、若月丹波守清胤様は、そう申されておるが、どういうことだ？」

「分かりませぬ。なにかの誤解かと」

文史郎は酒井に向いた。

「刺客の一人は、藩士片岡堅蔵と名乗った。藩名は憚《はばか》られるので容赦してくれとはいっていたが、おぬしの配下の者は顔見知りのようであったぞ」

「……………」

酒井はじろりと配下の供侍を睨んだ。睨まれた供侍は首を竦め、同輩たちの陰に隠れた。

「さらに、いま一人。御庭番で、半蔵なる者」

「……半蔵だと？」

家老の石川主水丞が思わず声に出した。

急いで酒井が低い声でいった。

「御家老もそれがしも知りませぬな。片岡堅蔵も半蔵とやらも、我が藩には居りませぬな。そうですな、御家老」

「……おう、そうだ。おらぬ。その者たちが、いかがいたしたのでござるか？」

「鼠の一味と思われる」

「なに、鼠の一味だと？」

石川主水丞は顔をしかめた。

「なにか証拠でもあるのでござろうか？」

「拙者たち相談人が用心棒として張り込んでおった商家に鼠小僧次郎吉の一味が押し入りましてな。その一味に半蔵という男を頭にした柳生の一団がおった。さきほど、拙者を待ち伏せしていた刺客たちと同じ輩と見受けた」

「さようでござったか。しかし、その二人、我が藩の者ではない。我が藩とは関係ないこととご承知願いたい」

「ならば、片岡堅蔵や半蔵を斬り捨てたり、生け捕りして奉行所か火付盗賊改めに引き渡しても構わぬということですな」

「一向に構わぬことでござる。我が藩に、さも関わりがあるようにいわれることこそ迷惑至極にござる。その輩を斬って捨てようが、生け捕りになさろうが、どうぞ御勝手になさってくだされい」

石川主水丞は言い放った。

酒井が後ろから囁いた。

「御家老、上様がお待ちでございますぞ。道草を食っていてはいけませぬ。そろそろ行かねば」

「うむ。分かった。……ということで、若月丹波守清胤様、これにて失礼いたします」

石川主水丞は文史郎に一礼し、そそくさと駕籠に乗り込んだ。

「では、いずれ、どこかで」

酒井は文史郎に一礼し、踵を返した。

権門駕籠の一行は静々と歩みはじめた。酒井や供侍たちが駕籠の両脇を警護して歩く。

文史郎は憮然として駕籠を見送った。

供侍たちが片岡堅蔵に親しげに話しかける様子から、片岡たちが、決して紀州藩と無関係のはずはない、と文史郎は思った。

「ああ、お殿様、ご無事で。よかった」

権兵衛が駕籠と入れ替わるように、あたふたと駆け付けた。

「左衛門様も大門様も、よくぞ加勢に駆け付けてくれましたな」

権兵衛はぜいぜいと息を弾ませていた。

「権兵衛、おぬしが爺と大門に知らせてくれたのか。ありがとう」

「いえ。私が松本屋さんや相模屋さんに駆け付けたときには、すでに左衛門様も大門様も誰からか知らせを受けて、飛び出したあとでございました」

「爺も大門も知らせも行かぬうちに、よく気が付いたな」

「え？　殿の使いが店に飛び込んで来て、知らせてくれたんですよ。大門殿は？」

「拙者も、殿が襲われたと、店の外で男の叫び声がして、それをきいた店の者が知らせてくれて、通りに飛び出したら、立ち回りが見えた。それで駆け付けた次第。殿の使いではなかったのですか？」

「余は、権兵衛以外に、誰もおぬしたちを呼びに行かせなかったが」

「では、誰が呼びに来たのでしょう？」

左衛門は怪訝な顔をした。

「そうだのう」

大門も首を捻った。

「爺も大門も、呼びに来た者の顔は見なかったのか？」

「爺は店に走り込んだ男の姿は見ておりますが、顔まではしかと見ませんでした。すぐに男は、大門様を呼びに行くと叫び、出て行きましたから」

「爺は、その男に見覚えはなかったか？」

「そういえば、ちらりとですが、どこかで見覚えがあるような気がします」

「誰だ？」

「……すぐには、誰と思い出せません。ええと、誰だったか」

爺は考え込んだ。大門も腕組をしていった。

「そういえば、拙者もあの男の声に聞き覚えがありますな。どこかできいたことのある声でした。すぐには、思い出せないが」

左衛門は訝った。

「殿、なぜ、そのようなことを訊くのですかな？」

「余が片岡との立ち合いの際、不覚を取って、倒れ、あわやというときに石飛礫が片岡の顔を打った。誰かが助けてくれたのだ」

「その御仁は見たのですか？」

「見た。鳥追い姿の娘だった。見覚えのある娘だった」

「殿、いったい、誰でござる？」

「まだ断定するには早い。ともあれ、どうやら、一つ、なぞが解けそうだ」

「なんです？　教えてくだされ」

「そうですよ、殿」

「それは長屋に帰ってからにしよう。その前に、米問屋の田原屋を訪ねねばならぬ。そうだな、権兵衛」

権兵衛は笑顔で大きくうなずいた。

「そうですよ。田原屋さんが心配して待っているはずです。田原屋さんの依頼を受けてからにしてください。商売商売」

六

「これで一安心でございます」

田原屋惣兵衛《そうべえ》は、文史郎に何度もお辞儀をした。

大番頭は文史郎が紙に墨で大書した『剣客相談人御詰所御本陣』と『鼠退散　剣客相談人』を掲げた。

「我らが本陣ということであれば、鼠も押し入るのを躊躇するであろう」

「よかったですなあ、田原屋さん。これで鼠小僧次郎吉もおいそれとは近付けないでしょう」

権兵衛はうなずいた。

惣兵衛は満面に笑みを浮かべた。

「早速に店頭に掲げましょう。大番頭さん、一番目立つところに掲げてください」

「はい、旦那様」

大番頭はいそいそと紙を持って店先へ出て行った。

文史郎はいった。

「田原屋惣兵衛、おぬしから直接話をきき、米相場の仕組みがよう分かった。おぬしたち米問屋が、金を儲けようと無理に値段を吊り上げているのではない、ということもな」

「ありがとうございます。もちろん、問屋の仲間には、悪辣《あくらつ》な店もありますが、少なくとも、田原屋は違います。ほかの米問屋さんには妬まれたり、憎まれたりするでしょうが、誠心誠意、米価の値上がりをさせぬよう全力を尽くしております」

「その言《げん》、信じよう。米の値段が上がるのは、金貨銀貨を粗製濫造《そせいらんぞう》し、金銀通貨の値打ちが下がっているためだ、という話もよう分かった。それは、いまの老中水野忠邦が推し進める幕府の財政立て直しをしようという改革が悪いということもな」

「御上の悪政をあげつらいたくはないのですが、煎じ詰めれば、そういうことになりましょう」

「ともあれ、それがしたちは、田原屋惣兵衛、おぬしが金儲けしか頭にない、業突張りの悪徳商人だとばかり思っておったが、そうではない、とよう分かった」

「ありがたき幸せにございます」

文史郎は左衛門と大門に顎をしゃくった。

「それでは、我らはいったん、長屋に引き揚げるが、心配せぬよう。外へ出たら、大声で夜には戻って店に詰めるといおう。おそらく鼠の手下が、密かに店に張り込んでいるはずだ。その見張りがきけば、きっと鼠小僧次郎吉に伝わるはずだ。それでも押し込むようであれば覚悟の上で参るのだろうから、拙者たちも容赦なく斬り捨てる」

惣兵衛はうれしそうにいった。

「ほんとうに頼もしいお言葉、よろしうお願いいたします。お約束通り、私どもも江戸の庶民の皆様のため、きっと米の値段を落ち着かせ、身銭《みぜに》を切ってでも、値上がりしないように全力を尽くすつもりです」

「よろしう頼むぞ」

文史郎は刀を携《たずさ》え、立ち上がった。

左衛門、大門も従った。

田原屋惣兵衛や番頭、手代たちが店頭まで見送りに出た。

大門が芝居がかってはいたが、今夜から本陣に詰めると大声でいった。

「お待ちしております」

惣兵衛がうれしそうに答えた。

あたりには夕闇がひたひたと水が満ちるように押し寄せていた。

文史郎は左衛門、大門、権兵衛を従え、通りを歩き出した。

権兵衛がぶら下げた小田原提灯が、足許を淡く照らしている。

「爺、どうであった？　怪しい人影はいたか？」

「はい。店の斜め向かい側の物陰に、一人影法師が」

「余も、その人影には気付いた。いま一人、おったぞ」

「もう一人、おりましたか？　気付きませんでしたが。どちらに？」

「同じ向かい側の店の屋根の上だ」

大門が髯を撫でた。

「殿、拙者も気付きましたぞ。屋根の上の人影が店を見張っておるのを」

「そうか。大門。おぬしもさすが剣客だな」

権兵衛がほくほくした顔でいった。

「皆様、さすが剣客相談人ですな。私など、ちっとも気付きませんでした」

左衛門が文史郎の袖をそっと引いた。

「殿、誰かが……」

「分かっておる。我らを尾行しているというのだろう？」

文史郎は答えた。大門もいった。

「確かに一人、尾《つ》けて来ますな」

「え、恐ろしい」

権兵衛が後ろを振り向こうとした。

大門がそっと制した。

「権兵衛、振り向くな。恐がるな、拙者たちがいる」

「は、はい」権兵衛はそれでも身を竦めた。

左衛門が囁いた。

「殿、いかがいたします？　取り押さえましょうか」

「爺、いい。放っておけ。捕まえても容易には白状しまい。どうせ、鼠の一味に決まっておろう。帰って報告させる方が効果がある」

文史郎は懐手をし、後ろも見ずに歩き続けた。

いまごろになって、斬られた右腕の傷が疼《うず》き出した。

あの片岡の秘太刀、なんとしても打ち破らねばならぬ、と文史郎は思った。

第四話　決闘の日

一

文史郎たちが長屋に戻ると、定廻り同心の小島啓伍が待ち受けていた。

忠助親分と末松の顔もいっしょだった。

行灯に灯が点り、部屋を淡く照らしている。

小島が得意気にいった。

「殿、お待ちしておりました。おもしろいことを聞き付けましたぞ」

「そうか。きこうではないか」

文史郎は胡坐をかいた。

「殿、まずは松本屋で頂いた下《くだ》り酒でも飲みながらでは、いかがですかな。灘《なだ》の生一《きいっ》本《ぽん》ですぞ」

大門が手にぶら下げていた酒瓶を置いた。

「おう、いいな。そうしよう。喉も渇《かわ》いておる。小島たちもいいだろう？」

「はい。ちょうど親分たちとも、酒があるといいな、と話していたところでした」

「そうか。爺、なにかつまみを頼む」

「はいはい。少々お待ちを。田原屋で頂いた干物を焼きましょう」

左衛門は台所に立ち、七輪《しちりん》に消し炭を入れ、火を熾《おこ》しはじめた。団扇《うちわ》をばたばたと扇いでいる。

忠助親分と末松が左衛門を手伝い、台所から人数分の湯呑み茶碗を運んで来て並べた。

大門が酒瓶の栓を抜き、湯呑み茶碗に注いで回った。

文史郎はさっそく湯呑み茶碗を口に運び、灘の酒をくいっと飲み干した。

「旨い。これはいい酒だ」

酒精が喉許を下り、五臓六腑《ごぞうろっぷ》に拡がっていく。

「これは効きますなあ」

大門も湯呑みを干し上げ、腕で口許を拭った。

小島もうれしそうに湯呑みを口に運ぶ。

「で、小島、いったい、何が分かった？」

「一つ、大きなことが。しかし、これは極々内密にしておいてほしい話です」

「ほう。いったい、なんだ？」

小島は声をひそめた。

「鼠小僧次郎吉は生きておりました」

「なんだって？　獄門に懸けられたのではなかったのか？」

「あれはまったく別人。火付盗賊改めが捕らえた火付け、強盗、強姦、人殺しの罪を犯した凶悪犯。鼠小僧次郎吉ではなかった」

「偽者を鼠小僧次郎吉として、処刑したというのか」

「そうなのです。次郎吉は密かに別の名前を持った別人として釈放され、女房子供といっしょに真面目に暮らしていたらしいのです」

「その話に偽りはないか？」

「それがしもはじめは半信半疑でした」

「誰からきいた話なのだ？」

「次郎吉を取り調べた同心池上勇人様です。池上様は、拙者の親父の同僚です。いまは同心職を隠退し、隠居生活をしている方です。次郎吉のことは奉行所でも極秘事項となっており、池上様は喋ってはいけないと命じられているそうです」

「どうして、池上殿はおぬしに話す気になったのだ？」

「それがしとは、親父が生きていたころからの付き合いで、池上様はそれがしを息子のように思ってくださっておられる。その誼《よし》みで墓場まで持って行こうとしていた極秘の話を、それがしの仕事の役に立つのであれば、と話してくれたのです」

「うむ。いいお方だな」

「はい。ですから、信用ができる話かと」

「しかし、どうして、次郎吉を生き延びさせたのかな？」

「すべては、当時の将軍家斉《いえなり》様のご下命による計画だったのです」

「将軍肝煎《きもい》りの計画だというのか？」

「はい。話は十三年前に遡《さかのぼ》ります」

小島は、これまで調べたことを順を追って話しはじめた。

文政十二年（一八二九）江戸が大火に見舞われた。

その前年には、越後大地震が起こったり、全国各地で米不作から飢饉《ききん》が起こった。

物の値段が上がり、困窮した百姓の一揆《いっき》が各地に起こった。

飢えと貧困に悩む民衆の一方、幕府要路や役人たちは奢侈な生活に耽《ふけ》り、民を省《かえり》みなかった。

幕府は慢性的な財政赤字を賄うため、あいついで金貨銀貨の改鋳を行ない、大量に金銀貨幣を鋳造した。

そのため、大量の金銀貨幣が世間に出回り、米をはじめとする物の値段は上がる一方で、庶民の生活を直撃した。

事態を重く見た将軍家斉は幕閣に、財政立直しを命じた。

幕閣老中は、緊縮財政を断行しようとしたが、奢侈な生活に慣れた武家たちは一向に生活の立て直しを行なおうとせず、借金に借金を重ねる生活を続けていた。

幕政改革に熱心だったのは、次期将軍に紀州家の嗣子《しし》を担ぎ出そうとしている老中たちと、それに呼応した紀州藩の重臣だった。

小島は続けた。

「老中と紀州家重臣たちは結託して、鼠小僧次郎吉なる盗賊を創《つく》ったのです。その鼠小僧次郎吉に、奢侈な生活を続ける武家屋敷に侵入させ、金銀財宝を盗ませたのです。そして、盗んだ金銀貨を、貧乏人にばらまかせた。そうやって、贅沢を続ける武家や地方大藩の藩主を狙わせ、警告させた」

「なるほど。それで、昔の鼠小僧次郎吉は武家屋敷だけしか襲わなかったのか」

「そうなのです。それに鼠小僧次郎吉が武家屋敷しか狙わなかったのは、もう一つ目的があったからです」

「もう一つ目的があったと?」

「はい。旗本や幕府要路の屋敷からは、汚職や陰謀工作を探り出すこと。さらに薩《さっ》長《ちょう》など地方雄藩の藩邸からは謀反《むほん》の兆《きざ》しや朝廷とのやりとりなどを嗅ぎ付け、幕閣に報告するように、となっていたのです」

「つまり次郎吉は幕閣の間諜《かんちょう》となって暗躍していた、ということか。しかし、各大名の監視や旗本御家人の監視は大目付がやることではないか? なぜ、御庭番を使わないのだ?」

「御庭番を動かせるのは、御側御用取次《おそばごようとりつぎ》。幕閣の老中も口を出せません。老中も監視の対象になっているので、御庭番はあてにできない」

「なるほど」

「それに御庭番でも、忍びができる者は少ない。屋根裏や天井裏に忍び込むのは、特別な技能が必要になる。それで、老中が目をつけたのは、鳶職人でした」

「鳶職?」

「それも、度胸があり、信頼のできる鳶。そこで老中と紀州藩の重臣が目をつけたのが、大名火消の紀州鳶でした」

「紀州鳶だと」

文史郎は左衛門と顔を見合わせた。

もしかして、と文史郎は思った。左衛門も同じ思いのようだった。

「それで紀州鳶の中でも、最も信用のできる、優秀な紀州鳶頭を選び出し、鼠小僧次郎吉になるように、紀州家の家老が密命を出したそうなのです」

「その紀州鳶の名前は？」

「将吉《まさきち》といい、鳶将《とびまさ》と呼ばれ、当時の鳶職の中では、最も腕がいい鳶だといわれていたそうです」

「鳶将か。ううむ、違うな」

「違いますね」左衛門も頭を振った。

大門が口を挟んだ。

「いったい、何が違うというのです？」

「いや、なんでもない。あとで話す。小島、続けてくれ」

「そんな密命で動いているとは知らず、当時の奉行所の与力同心は必死に次郎吉を追った。そして、ある朝、貧乏長屋に金子《きんす》を配っている次郎吉を張り込んでいた捕り方が引っ捕らえた」

「なるほど」

「次郎吉は捕り方に抵抗せず、大人しくお縄を頂戴したそうです。取り調べにも素直に応じ、池上様に他言無用ということで、己は紀州藩から密命を帯びていると白状したのです」

「ふうむ。それをきいたお奉行は驚いたことだろうな」

「すぐに奉行は紀州藩の家老に問い合わせたそうです。だが、紀州藩の家老から、けんもほろろ、我が藩には将吉なる鳶頭はおらぬ、と取りつく島もない答が返って来た」

「とかげの尻尾切りだな」

「さすが将吉もがっかりした様子だったそうです。将吉は覚悟を決めたらしく、お奉行が老中のお許しを得て死罪を申し付けても、まったく動ぜず、素直にその判決を受け入れた。武家屋敷から、何度となく大金を盗み出したことは間違いない、と本人も認め、それはいかなる理由があれ、悪いことだといったそうです」

「ほほう。男らしい男だな」

「池上様も感心し、お奉行や上司の与力に、将吉の死罪をなんとか減免できないか、と働きかけたが、一度下した判決を覆《くつがえ》すわけにはいかないと拒まれた」

「なるほど」

「そこへ火付盗賊改めが奉行所に乗り込み、次郎吉の身柄を引き渡せといってきたのです。武家屋敷を荒らした次郎吉は、火盗改が取り調べると。お奉行は拒んだら、今度は大目付が乗り出し、火盗改に次郎吉の身柄を引き渡すように命じた。池上様は同じ獄門に送るとしても、奉行所から静かに送り出したい。火盗改に渡して、苛酷な拷問にかけさせたくない、と必死に抵抗したが無駄だった」

「それで、次郎吉の身柄は火盗改に移されたのか」

「火盗改に移された次郎吉が獄門に懸けられたとき、立ち合った池上様が見た将吉はまるで別人のように顔が腫れ上がり、池上様のことも分からないでいた。将吉はさぞ苛酷な拷問を受けた結果だろう、と同情したそうです」

「ふうむ」

「ところが、ある日、火盗改から奉行と与力、同心の池上様に、次郎吉のことで呼び出しがかかった。それで、お奉行と上司の与力、そして池上様が、火盗改の屋敷に出掛けたところ、なんと老中水野忠成《みずのただあきら》様、紀州藩の御家老、火盗改の先手組頭《さきてぐみがしら》が顔を揃えていた。そして、口外無用の条件で、次郎吉こと将吉は、名前も仁平《にへい》に変えて、家族ともども生きているから安心するように、と知らされた」

「仁平のう」

文史郎は違ったか、と少しがっかりした。

「老中水野忠成様が黒幕だったのか」

「はい。そのようです」

「将吉は家族といずこで暮らしているという話だった?」

「将吉のお内儀の郷里が備前岡山だったそうで、将吉はそこへ行ったとのことでした」

「……確かに備前岡山なのだな」

「はい。池上様はそういっていました」

文史郎は左衛門と顔を見合わせた。

「家族というのは?」

「お内儀、息子と娘の三人だとのこと」

「お内儀の名は?」

「たしかお由《よし》とか」

「息子と娘の兄妹の名は？」

「兄が蛍吉、妹がお篠といっていたそうです」

「兄が蛍吉だと。爺、お久美の兄貴も蛍吉だったな。もしかして……」

「しかし、妹の名はお篠ですぞ」

「偽名を名乗っているかもしれぬではないか」

「そうですな」

小島が訝しげに文史郎と左衛門のやりとりをきいていた。

「殿、何か心当たりでもあるのですか？」

「うむ。おおありだ。この長屋に新しく越してきた娘と父親の二人が、おぬしの話によく符合するのだ」

「なんと」

「爺、済まぬが、これから、あの親子の長屋へ行って、呼んで来てくれ。話がしたい」

「かしこまりました」

爺は立ち上がり、部屋を出て行った。

「ところで、小島、いま将吉は、いずこにいるときいている？」

「池上様もそこまでは……」

「知らぬか。では、今回の鼠小僧次郎吉について、池上殿は、どう見ているのか、何かいうてはおらなんだか？」

「はい。非常に気になると。今度の次郎吉は、武家屋敷ではなく、商家の蔵を狙って忍び込んでいる。将吉と同様、幕閣の誰かの密命を帯びて押し込みを繰り返しておるのではないか、といってましたね」

「気になることが、いま一つあった。今度の次郎吉には、裏柳生が加勢していることだ。小島、おぬし、柳生新陰流に詳しい同僚がいるといっていたな。裏柳生について、訊いてくれたか？」

「はい。訊きました。表の柳生は、幕府の旗本御家人の剣術指南役を勤めているように、公然としております。だが、裏柳生は陰の忍びの組織を作っているそうです。その一派は紀州徳川家の御庭番、それも裏御庭番となっているとのことでした」

酒を飲んでいた大門が、突然、口を開いた。

「殿、その裏柳生が、何かをするために今度の鼠小僧次郎吉を隠れ蓑《かくみの》として使っているのではありますまいか」

文史郎はうなずいた。

「大門、いいことをいうのお。余も、そうではないか、と思っていたところだ」

小島は上がり框で酒を飲んでいる忠助と末松を振り向いた。

「ところで、殿、忠助親分の話もきいてやってください。これもおもしろい話ですぞ」

「おう、おぬしたち、調べてくれたか」

「へい。殿様からいわれたように、この長屋の周辺をうろついている町奴を張り込み、あとを尾《つ》けたんでやす」

「そうしたら」

「やつらが、入って行った先は、紀州様の下屋敷でやした」

「ほほう。やはり、紀州藩か」

「それを確かめた上で、一人を取っ捕まえて番所に引っ張って行き、少々痛め付けて吐かせたんです。そうしたら、やつら、鳶頭の次郎吉の命令で、なぜか、親子を探すようにいわれているのだそうです」

「どんな親子だ？」

「男親は鳶職で、名前は仁平。娘の名はお篠」

「将吉のことではないか」

文史郎は驚いた。

小島が笑みを浮かべた。

「そうなんです。いまの次郎吉が、昔の次郎吉だった仁平と、娘のお篠を探していることになります」

忠助親分がいった。

「あっしも捕まえた三下野郎《さんしたやろう》に、なぜ、その親子を探すのだって訊きました。するってえと、野郎の話では、次郎吉一味が押し込もうと狙った店々に、どうやって嗅ぎ付けたのか、いつも先回りして鼠の絵を貼って回り、仕事の邪魔をしようとする連中がいるってんで、そいつらは誰だとなった」

大門が唸るようにいった。

「殿、やはり、あの鼠の絵は、次郎吉一味が貼ったものではなく、狙われているぞ、という警告だったのですな」

「うむ、予想した通りだ。で、忠助親分、話を続けてくれ」

「次郎吉は、そんなことをするのは、昔の次郎吉だった仁平と、その娘のお篠に違いない、といったそうなんで。そして、次郎吉は手下たちに、密かに仁平お篠親子を捜せと命じたそうなんで」

「次郎吉は親子を捜し出して、どうするつもりだった？」

「野郎の話では、次郎吉は親子を捜し出しても、決して手は出すな、ただすぐに自分に居場所を知らせろ、と。その親子については、ほかの誰にも話すなといったそうなんで」

「それで決まりだな」

文史郎は湯呑み茶碗の酒をぐびっと飲んだ。

「いったい、何が決まりなんですか？」

小島がきょとんとした。

「次郎吉の正体だよ」

大門が湯呑み茶碗を口に運ぶ手を止めた。

「誰だというのです？」

「仁平の息子の蛍吉だ」

「殿、しかし、源七の話では息子の蛍吉は、紀州鳶になろうとして紀州藩の知人を訪ねたが、侍に殺されたといっておったのでは」

「実は蛍吉は生きていた。蛍吉は死んだことにして、次郎吉となって生き返ったんだ」

「どうして、そんな面倒なことにするのでござるか？」

大門が訝しげにいった。

「決まっている。次郎吉の身許を隠すためだ。先の次郎吉こと将吉は獄門に懸けられ死んだことにして、仁平として生き返った。それと同じ手口だ」

大門はまだ納得しかねている様子だった。

「しかし、どうして、次郎吉は蛍吉だというのですか？」

「鼠の絵だよ」

「鼠の絵？　札差や蔵元の表戸に貼られた鼠の絵のことですかな？」

「そうだ。あの鼠の絵は、鼠が狙っているぞ、という、店への警告だと思っていたが、どうやら、それだけではなかった」

「なんだというのです？」小島が訊いた。

「あの鼠の絵は、同時に蛍吉に〝やめろ〟という仁平の警告だったのだろう。元鼠小僧次郎吉として活躍した仁平とすれば、息子の蛍吉が狙う店々は、お見通しだったのではないか。なにせ、昔次郎吉として鳴らした仁平だ。新米の次郎吉の仕事は、手に取るように分かるのではないか？」

文史郎は小島と大門を見回した。

「あるいは、仁平は蛍吉たち鼠一味の根城である紀州藩邸に忍び込み、蛍吉たちが襲おうとしている店について相談をしているのを聞き込んだのかもしれない。そこで、仁平は、次郎吉たちに先回りし、鼠の絵を貼り、おまえのやろうとしていることは、すべてお見通しだと警告した」

大門は訝った。

「そうだとして、それが、どうして次郎吉が蛍吉だという根拠になるのです？」

「蛍吉は、つぎつぎ先回りして貼られた鼠の絵を見て、こんなことができるのは、元次郎吉だった親父の仁平しかいないと思ったのではないか。蛍吉は、それで仁平と妹のお篠が江戸に来ていると分かった。そこで手下たちに密かに親子の居場所を捜させようとした。しかし、親子の居場所が分かっても、決して手は出すな、ほかの誰にもいわず自分だけに知らせろ、と命じた。そこだよ、それをきいて蛍吉しかいない、と思った」

「……ふうむ」大門は首を捻った。

「まだ分からないか？　もし、次郎吉たちよりも先回りして、つぎつぎと鼠の絵を貼って、店に警告している徒輩がいたとしたら、普通なら邪魔者は見付け次第に消せ、だろう。だが、次郎吉はそうはせず、手を出すな、自分だけに知らせろと手下に命じた。それは次郎吉が邪魔者たちが親父の仁平と妹のお篠だと考えていたからだろう。逆にいえば、そう考える次郎吉は蛍吉以外の誰でもないということだ」

「なるほど、そういうことでござるか」

大門はようやくうなずいた。

戸口の油障子戸ががたぴしと軋《きし》みながら開いた。

「殿、たいへんでござる」

左衛門が顔を覗かせた。背中に人を背負っていた。

「どうした?」

「お久美殿が長屋の土間に倒れておりました。怪我を負っています。誰かに襲われたらしい」

左衛門は背中のお久美を部屋の中に入れ、畳の上にごろりと寝かした。

お久美は鳥追い姿だった。腕や脚、肩口や背中などに斬られた痕があり、血だらけだった。幸い出血が少ないところを見ると、深手ではなさそうだった。

「これは酷《ひど》い。爺、すぐにお隣のお福さんたちを呼んでくれ。我らの手にあまる」

文史郎はお久美を抱え起こしながらいった。

「承知」

左衛門は身を翻し、戸口から飛び出した。すぐに隣から左衛門がお福と話す声がきこえた。

文史郎は鳥追い姿のお久美を見て、やはり片岡に石飛礫を投げたのはお久美だったのか、と思った。

大門が覗き込み、声をかけた。

「お久美、しっかりしろ。傷は浅い」

「小島、誰か医者を呼んできてくれ」

「分かりました。町医者ですが、腕のいい医者がいます。末松、ひとっぱしりして呼んできてくれ」

「合点承知の助。町医者の竹内《たけうち》さんでやすね」

末松は尻端折りし、勢いよく戸口から飛び出した。

「あ、お殿様」

お久美が目を開けた。

「もう大丈夫だ。いま、お福たちが怪我の手当てをしてくれる。医者も呼んだ。気をしっかり持つのだぞ」

「お殿様、お願いがあります。お父っつあんと兄さんを助けてくださいませ」

「いったい、どうしたというのだ？」

戸口から、勢い良くお福の太った軀が入って来た。

「さあさ、男衆はどいたどいた。ここから出て行っておくれ」

お福は大門や小島、忠助親分を追い立てた。

「殿様、あんたもだよ」

「分かった。お久美、まずは手当てだ。それから話をきく」

「さあ。ぐずぐずしないで」

文史郎は、お福にどやされ、部屋から外へ追い立てられた。

二

夜が深々《しんしん》と更けている。

百匁蠟燭の炎がじじっと鳴った。虫が飛び込んで火に焼けた音だ。

酒井養老は報告を終えた。じっと江戸家老石川主水丞の様子を窺った。

「……つまり、老中首座の水野忠邦もまた御金改役後藤にいいように手玉に取られているというのだな」

「さようにございます。水野忠邦としては、将軍家慶《いえよし》様の絶大なる信任を得て、幕政改革を断行しているつもりでしょうが、その内実はあいかわらず金銀貨の改鋳につぐ改鋳に頼るだけ。その結果、御金改役後藤三右衛門光亨を肥らせるのみ。奢侈禁止令や年貢増徴などを強制するため、武家のみならず百姓町民の不満が鬱積するばかりとなっております。このままでは、とても内憂外患に備える幕藩体制を構築するなどできることではありますまい」

「ほんとうに水野忠邦の背後には、黒幕はいないというのか？」

「はい。おらぬようです」

「先の水野忠成が老中首座として幕政の実権を握っていたころは、将軍家斉様側近の御側御用取次水野忠篤《ただあつ》らが黒幕としておったが」

「家斉様ご逝去《せいきょ》の後、新将軍家慶様の厚い信任を得た老中首座水野忠邦が、家斉様の側近勢力を一掃しました。それ以来、黒幕らしい黒幕はいなくなったといっていいでしょう」

「確かか？」

「もし、黒幕がいるとしたら、御金改役後藤が黒幕だといえるかもしれません。後藤は水野忠邦を焚き付け、幕府の政策として思うままに改鋳を行ない、ぼろ儲けしておるようなのです」

「ということは、水野忠邦を引きずり下ろすには、御金改役後藤を失脚させるしかない、ということなのだな」

「はい。さようで」

「そのために鼠を使うというのか？」

「はい」

「札差、蔵元のあと、私腹を肥やしている米問屋を何店か襲わせる手筈だったのでは？」

「ところが、邪魔が入りました。何者かが、狙った店に軒並み、鼠が襲うという鼠の絵を貼って回った。お陰で、そうした店は警戒を強め、剣客相談人を用心棒に雇ったりするようになり、鼠は容易に押し入ることができなくなったのです。ですから、この際、一挙に本丸である金座の金吹所（金貨鋳造工場）を襲い、金子を奪い取ろうと」

「金吹所となると、これまでの町家の商店とは違い、幕府直轄だし、警備も格段に厳しくなるのではないか？」

「そこが付け目です。これまで一度も襲われたことがなく、これからも、まさか幕府直轄の金座が襲われることはあるまい、という驕りと油断がある」

江戸家老石川主水丞は脇息に肘を載せ、考え込んだ。

「鼠が金座を襲い、金銀貨を奪ったら、天地が引っ繰り返るような大騒ぎになろう。その後の追及も激しかろう。火付盗賊改めをはじめ、奉行所も総力を挙げて捜査にあたるだろう」

「はい。さようで」

「もし、万が一にも鼠小僧次郎吉が紀州藩と関わりがあると分かったら、いくら御三家の紀州家といえど、改易転封《かいえきてんぽう》の恐れがある。いや、そんな軽い措置でなく、お家断絶にもなるやもしれぬ。何か策は考えておるのか？」

「はい。秘策が一つ」

酒井はじろりと書院の隅に控えている半蔵と片岡堅蔵に目をやった。

酒井は膝行して、石川主水丞の耳許に囁いた。

「すべてを鼠小僧次郎吉一味の仕業にし、あの者たちに鼠を一匹残らず処分させるつもりでございます」

「そうか。一匹残らず処分するというのだな」

「御家老、声が高い」

「ははは。よかろう。さすれば、いかな老中首座水野忠邦も、金座を襲われて多量の金銀を奪われた責任を取らざるを得なくなるというわけだな」

「さようでございます」

石川主水丞は、愉快そうに笑った。

蠟燭の炎が不意に揺らめいた。

部屋の隅にいた半蔵と片岡がすっと立ち上がった。

「どうした？　半蔵。片岡も……」

「しっ」

半蔵は天井を見上げ、指を口許に立てた。

「鼠め。そこだな」

片岡堅蔵が、いきなり、腰の刀を抜き、天井の一角に向かって投げ付けた。

刀は天井板を貫いて突き刺さった。

低い呻き声が起こった。

ついで、人の動く気配が起こった。

「出合え。天井裏に曲者だ！」

半蔵が怒鳴った。

廊下をばたばたと走る音が響き、半蔵の部下たちが書院に殺到した。

「屋根裏から逃がすな。屋敷の周りを囲み、曲者を逃がすな」

半蔵はいい、部下たちといっしょに書院から走り出て行った。

突き刺さった刀がすっぽり抜けて、天井から落ちて来た。

片岡がはっしと刀を受け止めた。

刀身の先端が血で濡れていた。

天井の穴から、血が滴《したた》り落ちて来る。

「ふん。鼠め、これで簡単には動けまいて」

片岡は懐紙で刀の血糊を拭い取り、静かに鞘に納めた。

「いったい、何者だ？」

石川主水丞が天井を見上げながら、呻くようにいった。

「曲者を捕らえてみなければ……」

酒井も天井を見ながらいった。

石川主水丞は浮かぬ顔をした。

「きかれたかな？」

片岡は平然といった。

「……大丈夫でしょう。きかれても、必ず半蔵たちが曲者を捕らえて処分いたします」

酒井はふと不安を覚えた。

「次郎吉は、どこにおる？」

「別棟の臥煙部屋にいるはずですが。それがしが見て参りましょう」

片岡は刀を腰に差し、足早に部屋を出て行った。

臥煙部屋は、紀州鳶の火消の臥煙たちが待機している大部屋だ。鳶頭の次郎吉も、手下の臥煙たちといっしょに、その部屋に待機し、火事に備えているはずだ。

「どうした、酒井？」

「いまの話、万が一にも、次郎吉たちにきかれてはまずいので」

「なるほど」

石川主水丞はうなずいた。

屋敷の周りで、人の駆け回る足音が響いていた。その音も次第に静まり、夜が更ける気配が書院にもひたひたと押し寄せて来た。

どこからか、犬の遠吠えがきこえた。

三

蛍吉は必死に屋根裏の太い梁を伝い、破風を外して開けた穴のところまで辿り着いた。

刺された脇腹から、血が滴り落ちている。

不覚だった。ずきずきと痛む。

家老たちの話し声が低く小さくなったので、思わず天井板に耳をあてたのが裏目に出た。

気配を悟られ、下から刀を投げ付けられてしまった。

屋根の瓦を踏む人の気配がする。まずい。いま穴から屋根の上に出たら、すぐに見つかってしまう。

蛍吉は、脇腹の傷口を押さえながら、しばらく真っ暗闇の中に身を潜めていることにした。

背後の闇にふっと人の気配を感じた。

誰かいる。

蛍吉は背側の帯に差した匕首を抜いた。

蛍吉は匕首の抜き身を、胸に構え、闇の中に潜む相手の動きを窺った。

敵意は感じない。影がかすかに身動《みじろ》いだ。

「蛍吉」

低く静かな声が囁いた。蛍吉ははっとして影に目を凝らした。親父の声に似ている。

蛍吉は用心して訊いた。

「誰でえ」

「わしだ」

間違いなく親父仁平の声だった。

「親父さん」

蛍吉は匕首を鞘に戻した。

「下の連中の話をきいたか?」

「…………」

蛍吉は口惜しかった。

信頼していた上の連中に裏切られ、怒りがいまにも爆発しそうだった。

畜生!

己が馬鹿だった。二代目次郎吉だなんておだてられ、調子に乗って、金をばらまき、義賊ぶったりして……。

やつらは、あんなことを考えていたのか。

おれたちを利用するだけ利用して、用済みになれば、ぽいっと捨て去ろうとしている。

さんざんこき使った末に、何もかも、悪事はおれの仕業にして、罪を被せて、あげくのはてに始末するだと？

そうはさせねえ。

このおとしまえはきっとつける。

仁平は蛍吉の気持ちを察したかのようにいった。

「蛍吉、何もいわねえ。わしと田舎へ帰ろう。お篠もいっしょに迎えに来ている」

「親父さん……」

蛍吉は胸が詰まり、いまにも泣き出しそうだった。

蛍吉は涙を堪え、痛む脇腹を押さえた。血が着物を濡らしていた。

「このままじゃあ帰《け》えれねえ。きっちりと……始末をつけねえと」

「蛍吉、おまえ、やられたな」

「でえじょうぶでえ。これしきの傷……」

そうはいったが、痛みで声が乱れる。

影が梁を伝い、蛍吉に寄って来た。仁平は血の臭いを嗅いだ。ついで蛍吉の躯に、そっと手を伸ばし、脇腹付近に触れた。

「かなり血が出ているな。動けるか」

「……もちろんでさあ」

屋敷の周囲が騒がしい。屋根の瓦を踏む音もきこえた。

「蛍吉、わしが飛び出て、やつらを引き付ける。その隙に逃げ出すんだ。いいな」

「親父さんを放って、おれだけが逃げるわけにはいかねえ」

「馬鹿野郎。わしだって昔は鼠小僧次郎吉として鳴らした男よ。年は取ったが、そう簡単にあいつらに捕まったりしねえ」

「だけど……」

「だけどもへちまもねえ。その躯では、わしといっしょに逃げても、おめえが足手纏いになって、二人とも捕まってしまう。それじゃあ、元も子もねえ。いいな、わしがやつらをひきつけている間に、屋根伝いに逃げるんだ。塀の外の掘割にはお篠が猪牙《ちょき》舟《ぶね》で待っている。わしには構わず、お篠といっしょに逃げろ」

「親父さん」

「なあに、わしもちょっとばかり、やつらと遊んでから逃げる。わしが時間稼ぎをしている間に出来るだけ遠くへ行け」

「親父さん、済まねえ。いままでのこと、許してくんねえ」

「当たり前だ。許すも許さねえもねえ。親子じゃねえか。おまえを勘当はしたが、あれはおまえを江戸に出して、こんな目に遭わせたくなかったからだ」

「親父さん、済まねえ。てめえの馬鹿さ加減にほとほと……」

頭上の屋根に一頻《ひとしき》り、大勢の足音が響いた。

仁平が蛍吉の口を手で塞いだ。

「分かった」

「蛍吉、わしが穴から飛び出す。頃合《ころあい》を見て、おまえも出て逃げろ」

「もし、万が一、わしの身に何かあっても、決して戻るな。今度は、わしの言い付けをきけよ。いいな」

「へい」

仁平は破風を外した。開いた穴から外を窺った。

半月が雲間に隠れたり、顔を出したりしている。屋根の上を大勢の影法師が蠢いていた。

「行くぞ」

仁平は身を翻し、穴から瓦屋根の上に躍り出た。

蛍吉は急いで穴から外を窺った。

月明かりの下、仁平の影法師が身軽にするすると屋根の尾根を疾駆《しっく》する。

「いたぞ、曲者だ」

怒声が上がった。

「そっちだ。捕らえろ。生け捕りにしろ」

屋根の上にいた敵の影たちが、一斉に仁平の影法師を追った。

いまだ。

蛍吉は穴から這い出た。

親父。御免。

蛍吉は仁平の無事を祈り、敵の影がいなくなった屋根を滑り降りた。

築地塀《ついじべい》の屋根に飛び移り、振り向いた。

騒ぎは庭の方に移っていた。

「捕らえろ」「逃がすな」「生け捕りにしろ」

大勢の声が飛び交っている。

蛍吉は築地塀の屋根の上を走った。掘割が塀沿いに走っている。あたりに人影がないのを確かめて、掘割沿いの道に飛び降りた。

脇腹に激痛が走り、蛍吉はしばらく蹲《うずくま》ったまま痛みを堪えた。

掘割の船着き場には猪牙舟の影はなかった。

蛍吉は不安になった。

親父はお篠が猪牙舟で待っているといったが見当たらない。何か手違いがあったのか？

掘割を見回すと、近くの橋の下に舟影が潜んでいるのに気が付いた。

蛍吉は船着き場の石段に降りた。橋の下の舟に向かい、思い切って声をかけた。

「お篠、そこにいるか？」

舟影が音もなく滑り、船着き場に近寄って来る。

舟の上には、人影が三つあった。

侍の影が見えた。

違う。お篠ではない。

蛍吉は急いで石段を上がり、逃げようとした。

「兄さん、待って。わたしよ」

お篠の声がした。蛍吉は舟を振り返った。

三つの人影のうち、一つは女の影だった。

「ほんとにお篠か？」

「はい。お父っつあんはいっしょじゃないの？」

舟が船着き場に横付けになった。

お篠の影が船着き場に飛び移った。

「親父は、おれを逃がそうとして……」

蛍吉は脇腹を押さえ、その場に倒れかかった。お篠が蛍吉を支えた。

「怪我をしているのね。ひどい血」

「蛍吉、ともかく、舟に乗れ」

侍の影がいった。蛍吉は警戒して匕首に手をかけた。

「大丈夫。兄さん、この方々は、私たちの味方。剣客相談人のお殿様」

「な、なんだと。剣客相談人だと。謀《はか》ったな」

蛍吉は匕首を抜いた。

「待って。わたしを信じて。相談人のお殿様たちは、同じ長屋の住人で、お父っつあんもお世話になっているの」

侍の影はいった。

「落ち着け。お久美から、いやお篠から、すべて事情はきいた。我らはおぬしやお父上を助けに参ったのだ。罠ではない」

屋敷の中から怒鳴り声がきこえた。

「……まだほかにも曲者がおるかもしれぬぞ。隈《くま》無く捜せ」「塀の外も見回れ」

「一刻も早く、ここを逃げ出した方がいい」

「さあ、兄さん、乗って」

蛍吉はお篠の肩にすがり、舟に転がり込むように乗り込んだ。

「爺、出せ」

侍の影が船頭に小声で命じた。舟は音も立てずに水面を滑り出した。

間もなく築地塀の外の道に、いくつもの提灯が現れ、右往左往しはじめた。

「兄さん、もう大丈夫よ」

お篠が蛍吉の手を握った。

蛍吉は舟底に寝そべり、雲間に懸かった朧月《おぼろづき》を見上げた。月の光が優しく蛍吉を慰めた。

蛍吉は安堵し、そのまま気を失った。

四

蛍吉は話を終えた。

「そうか、あやつらは、米問屋田原屋を襲うのをあきらめ、おぬしらに最後の仕事として、御金改役の金座を襲わせようとしていたのか?」

寝床に横たわった蛍吉はうなずいた。

文史郎は続けた。

「そして、事が終わったら、次郎吉を再び、抹殺しようとしておったと」

「はい。さようでございます」

蛍吉は神妙に答えた。

その傍らに、お久美ことお篠が心配顔で座っている。

幸いなことにお篠の傷も蛍吉の傷も深手ではなく、命に別状はなかった。

町医者処方の塗り薬が効いたらしく、お篠の切り傷の恢復《かいふく》は早そうだった。

さすがに蛍吉の脇腹の刺し傷は数日では癒えそうになく、医者もしばらくは安静にしていように、と蛍吉に言い渡していた。

左衛門がにやつきながらいった。

「殿、ともあれ、鼠小僧次郎吉一味が田原屋を襲うのをあきらめたというのは朗報ですな。やはり、我ら相談人の詰所本陣が効きましたかな」

「そこに次郎吉が寝ているんだ。ほんとうのことをきいてみればいい」

文史郎は左衛門に目で蛍吉を差した。

「そうでござったな。次郎吉、いや蛍吉、田原屋を襲うのをあきらめたのは、わしらがいたからであろう?」

「はい。確かに、そうです。頭《かしら》の半蔵様は相馬屋で、まさかほんとうに用心棒の剣客相談人と立ち合うとは思っていなかった。もし、用心棒が出て来ても、味方は大勢。それに選りすぐりの腕っこきの剣術遣いばかりなので、簡単に制圧できると思っていた」

「わしらをのう。侮られたものですな、殿」

左衛門は頭を振った。

蛍吉は続けた。

「自ら剣客を名乗る者に剣客なし、こけ威しだ。だから、用心棒は自分たちが引き受けるので、おまえたちは安心して仕事をするように、といっていたのです。ところが、相馬屋でお殿様たちと初めて戦い、そのあまりの強さに手を焼き、できれば立ち合わない方がいいとなった」

「まあ、そうだろうのう」

左衛門は満足気にうなずいた。文史郎は興味を抱いた。

「蛍吉、おぬし、半蔵をお頭《かしら》と呼んでいたな。どうしてだ？　鼠一味の頭領は、蛍吉、おまえではないのか？」

「あっしは紀州鳶の頭でやす。半蔵様は侍で、裏御庭番組頭。あっしらが店に先に侵入し、中から戸を開け、半蔵様たちを中に入れる。半蔵様たちの護衛の下、あっしらが蔵を開け、金銀貨を運び出す。そういう役割になっていたんでやす」

「鼠一味の頭は半蔵だというわけだな」

「その通りです」

「半蔵の上司は？」

「中老の酒井養老様です。酒井様の上にいるのが、江戸家老の石川主水丞様」

「紀州藩のお偉方が、金座を狙うとはのう。いったい全体、紀州様は重臣たちがやっていることを御存知なのだろうか」

文史郎は左衛門を向いた。

左衛門は頭を振った。

「さあ。紀州様は何も存じていないのでは」

「石川主水丞たちは、なんのために、そんな大それたことを画策しているのか」

文史郎は腕組をして考え込んだ。

蛍吉が身を起こそうとした。

「どうしたの、兄さん。寝ていなければ」

お篠が慌てて止めようとした。

「お篠、そうもいかねえんだ。お父っつあんのことが心配でよ」

蛍吉は文史郎に両手をついて頭を下げた。

「お殿様に、お願いがありますんで。どうか、お父っつあんを助けてくだせい」

「……ううむ」

文史郎は左衛門と顔を見合わせた。

「お願いでやす。お父っつあんは、きっと生きてます。生け捕りにされ、いまごろ、あれこれ、責められていることでしょう」

「だろうな。助けてやりたいのはやまやまだが、なにしろ、相手は徳川御三家の紀州家だからな。容易なことでは、助け出すことができぬ」

「お父っつあんは、拷問にかけられ、どんなに責められても、先代次郎吉であるとは白状しないでしょうし、あっしの親であることもいわないでしょう。だから、まだ天井裏で聞き耳を立てていたのがあっしであるとは、ばれていないでしょう」

「かもしれんな」

「だが、お父っつあんも人間だ。毎日、責められているうちに苦し紛れに、すべてを白状してしまうかもしれねえ。お願いだ。お父っつあんが死なねえうちに救い出してほしいんです」

「ううむ」文史郎は唸った。

「兄さん、そんな無理をいって、お殿様たちを困らせてはいけないわ」

お篠が蛍吉を諫めた。

「まずは、あっしが屋敷に戻ります。まだ、あっしは疑われてはいねえでしょう。半蔵様から、いったい、どこへ消えていたときかれるでしょうが、なんとか誤魔化《ごまか》せるでしょう。それで中に入って、捕われている親父を見付け出し、外に連れ出します。そうしたら、あっしのときのように、お殿様たちは外で待ち受けていて、親父をすぐに猪牙舟に乗せて救い出してほしいんです」

「そうすんなりは行かぬと思うが、おぬしは、どうするつもりだ？」

「お父っつあんが助かるのなら、あっしは、どうなってもいいんで」

「兄さんがそのつもりなら、わたしからもお願いします。わたしも、兄さんとは別に、屋敷に忍び込みましょう。兄さんに手伝ってもらって、なんとかお父っつあんを助け出したい」

「ううむ、分かった。なんとか、お父上をお助けしよう」

「お殿様、ありがとうございます」

「よかった。お殿様が手伝ってくだされば、なんとかなるでしょう」

お篠と蛍吉は手に手を取って喜んだ。

「殿、そんな安請け合いをして、どうするのですか？」

左衛門は溜め息をついた。

「余に考えありだ」

「そうですか。ならばいいんですがねえ」

左衛門は信じていない様子だった。

文史郎は喜び合う二人にいった。

「ただし、引き受けるにあたって、余にも条件がある」

「なんでがしょう?」

「おぬしに、鼠小僧次郎吉の生き証人になってほしいのだ」

「鼠小僧次郎吉の生き証人ですか?」

蛍吉は戸惑った様子だった。

「紀州藩江戸家老の石川主水丞、中老の酒井が、おぬしを使って、何をして来たか。そして、あろうことか、幕府の金座を襲おうとしている、と証言してほしいのだ」

「お白洲でですか」

「うむ」

文史郎はうなずいた。

「しかし、殿、そうすると、蛍吉は捕まり、獄門台に懸けられてしまいますぞ」

左衛門が脇からいった。

「お父っつあんを救い出すためなら、あっしはなんでもします。ようがす。奉行所に自首して、紀州藩江戸家老たちの悪業の数々を申し上げ、あっしが証人になりましょう」

「兄さん、そんな」

「いいんだ。お父っつあんを助ける引き換えに、おれの命の一つや二つ、差し出す覚悟だ。お殿様、お願いいたします。生き証人になりましょう」

螢吉は文史郎に頭を下げた。

「よくぞいった。螢吉、誉めてつかわす」

「ありがとうごぜいやす」

「実はな、お白洲で証言しろというのではない。余といっしょにある人の許《もと》に行き、その人に話してもらいたいのだ」

「……ある人ですか？」

螢吉はきょとんとし、お篠と目を合わせた。

「殿、まさか、兄上の松平《まつだいら》義睦《よしのぶ》様のところに直訴《じきそ》なさるおつもりでは？」

左衛門がいった。文史郎はにやりと笑った。

「ほかに、この問題を解決する方法はあるか？」

五

三日後、文史郎は、容態が動けるまでに恢復した螢吉を連れて、左衛門とともに、大目付松平義睦の屋敷に乗り込んだ。

文史郎が若月家へ婿養子として入る前、まだ信濃松平家の三男坊だったころ、すぐ上の兄が松平義睦だった。

長男松平頼睦《よりのぶ》は、信濃松平家の跡取りとして城持ち大名になったが、次男松平義睦は幕府に重用され、いまは大目付をいいつかっている。

大目付は、総目付ともいわれ、将軍の代理として、役職についている老中支配の御目見《おめみえ》、大名を監察糾弾した。老中支配でありながら、その老中をも監察する権限もあった。

幕末になってからは、大目付の支配下には、旗本・御家人を監察する目付も入り、大目付の権力は絶大なるものがあった。

しかし、いくら大きな権限があるといっても大目付にも限界がある。相手が徳川将軍を出す御三家の紀州藩となると、さすが大目付も監察の手を出すことは叶《かな》わない。

文史郎は、それは分かってはいたが、ほかに相談する相手がいないので、松平義睦に直訴し、何か解決の方法はないか、知恵を借りようとしたのだった。

いつもの書院の間《ま》に通された文史郎は、ただいま来客中なので、しばらく待つように、と用人から告げられた。

手持ち無沙汰で、待つうち、奥の間から、時折、笑い声がきこえた。

それも、いつしか静かになり、廊下を歩く足音と、人の話す声がきこえ、やがて玄関の方に移動した。

どうやら、客は帰った様子だった。しばらくして、廊下を歩く足音が書院の前に止まり、襖が静かに引き開けられた。

用人を従えた松平義睦の顔が現れた。文史郎は平伏して、兄者を迎えた。

「おう、文史郎、久しぶりだな。突然に、いかがいたした？」

義睦は酒が入っているらしく、赤い顔をしていた。

「兄上はご機嫌麗しく……」

「何をもそもそといっておる。堅苦しいのはやめだ」

義睦はどっかと畳の上に胡坐をかいて座った。

「文史郎、膝を崩せ。少し酒を酌《く》み交わそう。緒方《おがた》、酒を持て。肴もだぞ」

義睦は用人に命じた。用人は、「畏まりました」といい、部屋を出て行った。

「また、なにか厄介事を持って参ったのだろう」

「まことに申し訳ありません」

「やはりのう。まあ、いい。毎度のことだ」

「畏れ入ります」

「おい、文史郎、そう堅苦しくしゃちほこばるな。昔の兄弟のように話そうではないか」

「分かりました。それがしも、堅苦しいのは苦手でして」

文史郎は義睦同様、膝を崩し、どっかと胡坐をかいた。

「ところで、今日はなんの話だ？」

「鼠です」

「世間を騒がせている鼠のことか」

「はい。お知恵をお借りしたくて」

「鼠がいかがいたしたのだ？」

「以前の鼠小僧次郎吉については、兄上もよく御存知かと」

「うむ。役目柄、知っておるが」

「では、次郎吉が生きていることも」

「……おぬし、わしに何をいわせたいのだ？　次郎吉は死んだ」

義睦はじろりと文史郎を見つめた。

「それは表向き。ほんとうは生きていたのでしょう。存じております」

「……何がいいたい？」

「それがし、ひょんなことから、次郎吉こと将吉、いまは仁平と名乗る鳶職人に会っております」

「そやつが、そう申しておったのか？」

「いえ。本人は何もいいません」

「だろうな。次郎吉は獄門に懸けられて処刑されて死んだ。それですべて終わりだ。それをいまになって、なぜ、蒸し返す？」

「いまの次郎吉に関係があるからです」

「関係だと？　どのような」

「紀州鳶、次郎吉を操る黒幕、公儀内部の権力争い、次期将軍……もっといえば、老中水野忠邦下ろしの陰謀、金座の金を狙う」

　文史郎は義睦の顔色を窺った。

　義睦の顔は穏やかで変わらなかった。だが、目のしばたたきが多くなった。

「実は、本日、その陰謀を知っている生き証人を連れて参りました。別室に爺といっしょに控えております。会って話をきいていただけますか？」

「何者だ？　まさか」

　ようやく義睦の顔から笑みが消えた。

「次郎吉でございます」

「まさか仁平か？」

「いえ。息子の蛍吉です」

文史郎はしてやったりとほくそ笑んだ。

六

松平義睦は、蛍吉の話をきくと、腕組をし、しばらく目を閉じて考え込んだ。

「おぬしの話に、嘘偽りはあるまいな」

「はい。天地神明に誓って、嘘偽りはありません」

蛍吉は神妙に答えた。

文史郎は傍らの左衛門と顔を見合わせた。

左衛門は、これから如何《いか》に、と目で訊いた。

分からぬ、と文史郎は頭を左右に振った。

松平義睦は徐《おもむろ》に目を開けた。

「その方、蛍吉と申したな」

「はい」

「よくぞ、申してくれた。そのこと一部始終、心に留めて置こう」

「ありがたき幸せに存じます」

「親子二代にわたり、よくぞ公儀に勤めてくれた。上様に代わって、お礼をいう。いずれ、応分の沙汰があるだろう」

「勿体《もったい》ない。そのお言葉だけでも励みになります」

「あとは、蛍吉、左衛門とともに少し席を外してくれ。文史郎と二人だけで話がしたい」

　松平義睦は厳《おごそ》かにいった。

「ははあ」

　左衛門と蛍吉は平伏した。

　二人が退席すると、松平義睦はまた胡坐をかき、文史郎にも膝を崩せ、といった。

　義睦は膳の上の銚子を取り上げ、文史郎に飲めという仕草をした。文史郎は盃を掲げ、酒を受け取った。

「文史郎、これから申すこと、二度はいわぬ。聞き流し忘れてくれ」

「いっさい他言無用。墓場まで持って行ってほしい。いいな」

「はい」

「承知いたしております」

義睦は手酌で盃に酒を注ぎ、ゆっくりと盃をあおった。

「実は、先代の鼠小僧次郎吉は、密かに公儀のために働いてもらった男だ」

やはり、と文史郎は思ったが、口を挟まなかった。

「当時、将軍家斉様の時世で、老中首座は水野忠成殿。その水野忠成殿には、家斉様の御寵愛を受け、御側御用取次水野忠篤ら側近たちを腹心にして、絶大なる権勢をふるっていた」

義睦の弁はなめらかだった。

水野忠成は、田沼意次を見倣《みなら》い、側用人政治を再現し、幕政を私物化し、専権をほしいままにした。そのため、贈賄《ぞうわい》や請託《せいたく》が横行し、幕政は乱れに乱れた。

幕政の中枢を水野忠成たちに握られているので、水野に反対する老中幕閣や大目付らは、汚職政治を取り締まろうにも、証拠も証人も集めることができず手をこまねいていた。

窮余の一策として老中と大目付は密かに将軍の座を狙う紀州家に窮状を訴えた。そこで考えられたのが、紀州鳶を鼠小僧次郎吉に仕立てての武家屋敷荒らしだった。

次郎吉は狙った武家屋敷に忍び込み、汚職の証拠である金銀や書状などを盗み出し、大目付に届けた。

大目付は奪った金銀を私物化せず、次郎吉に貧乏人に分け与えるよう指示した。そのため次郎吉は義賊と称えられ、世間では大人気を博することになる。

一方、大目付は、押収した証拠の品を元にして、賄賂や請託の取り締まりを行ない、関係する武家を追い詰めた。

激怒した水野は火付盗賊改めや奉行所を総動員して、鼠小僧次郎吉の逮捕を厳命した。火付盗賊改めは大目付の意を受けて動かず、事情を知らぬ奉行所だけが次郎吉を追った。

公儀の密命を帯びているとはいえ、盗賊は盗賊である。町方に捕まった次郎吉は、奉行所で裁きを受け、結局、獄門に懸けられることが決まった。

紀州藩も盗賊である次郎吉を紀州鳶と認めず、引き取らない。

結局、大目付が奉行所に掛け合い、火付盗賊改めが次郎吉の身柄を引き取った。

「せっかく命懸けで公儀のために働いてくれた次郎吉こと将吉を獄門に懸けることは忍びない。そこで、当時の大目付は、火付盗賊改めに次郎吉の替え玉を用意するように命じた。そして、密かに将吉を釈放し、名前も仁平に変えさせて、江戸払いにした」

「なるほど」

「その後のことは、おぬしも知っているだろう」

「そうでしたか。仁平の人物を見るに、ただの盗賊にはあらず、と思いました。あいつが悪人とは思えない」

文史郎は銚子を取り、義睦の盃に酒を注いだ。義睦は酒を飲みながらいった。

「いまの次郎吉だが、実を申せば、老中首座水野忠邦殿に反対する老中阿部正弘様や、それがしの公認の下《もと》に行なっている探索だ」

「…………」

「先代の次郎吉同様、紀州鳶頭を鼠小僧次郎吉にして、密かに札差や蔵元、米問屋など商家を探らせていた」

「水野忠邦殿は、水野忠成とは違い、清廉潔白《せいれんけつぱく》で汚職とは無縁の執政に思われますが」

「それは知っておる。だが、緊縮財政、奢侈禁止を謳《うた》っているのに、札差や蔵元、米問屋が金儲けで潤っておる。そのからくりを調べるためだ」

「分かったのですか？」

「一つはな」

「なんです」

「御金改役後藤三右衛門光享の金座だ。金座が水野忠邦殿公認の下、改鋳に改鋳を重ねている。金度量の低い金貨を大量に鋳造するため、悪貨が大量に出回り、米の値段や、物の値段が暴騰している」

「なるほど」

「後藤は御金改役として、金貨を改鋳すればするほど、自分の懐に金が転がり込むので、我が世の春を謳歌しておる。後藤は豊富な資金を元にして、幕閣や勘定奉行などに賄賂を送り、己の身の安泰を計っている」

「そこに紀州藩の江戸家老たちは、目をつけたということですか」

文史郎は唸った。

「蛍吉の訴えをきくまで思い至らなかった。石川主水丞たちが、公儀の密命に隠れて、金座を襲い、金子を強奪して私腹を肥やそうとしているとはのう」

義睦は頭を振った。

「わしらも、危うく騙されるところだった。おそらく、彼らは金座が襲われて、大量の金が奪われた責任を水野忠邦殿に負わせ、老中首座を引責させようというのだろう。しかも、金を懐にしながら、蛍吉がいっていたように、金座を襲った罪をすべて次郎吉に負わせて処分し、そ知らぬ顔を決め込むつもりだったのだろう。ふざけおって、石川主水丞め」

「兄上、そこでお願いがあります」

文史郎は座り直した。

「なんだ？　申してみい」

「いま紀州藩中屋敷に囚われている先代次郎吉を救い出すため、御力をお借りしたいのです」

「わしに何をせい、というのだ？」

義睦はじろりと文史郎を見た。

「上意《じょうい》を出していただきたいのです」

「上意？　上様の上意を出せというのか？」

「はい。老中首座水野忠邦様にお願いし、ぜひに」

「水野忠邦様が動くと思うか？」

「そうしなければ、水野忠邦様は石川主水丞らの所業を容認していると疑われましょう。事情をきけば、水野様は上様にお願いして、上意を出さざるを得ないと思います」

義睦はにやりと笑った。

「……考えたな。で、どのような内容だ？」

文史郎は義睦に計画を打ち明けた。

七

先刻まで富士山を真っ赤に染めていた残照はだんだんと色を失い、暗くなって行く。

江戸の武家地には、あたり一面、夕闇が覆いはじめていた。

紀州藩中屋敷の広大な敷地も、すっぽりと闇に包まれている。

空はどんよりとした分厚い雲が垂れ籠め、月影を隠している。

羽織袴姿の文史郎は、塗り一文字笠を被り、顎紐をきりりと結んだ。

松平義睦の愛馬剛《つよし》に跨がった。久しぶりの乗馬だ。

「どうどうどうっ」

口取りの左衛門が首を上げ下げする馬を宥めた。

「まだ、来ませんな」

左衛門は江戸城の方角を見た。使いが駆け付けるとすれば築地塀に沿った道の先から現れる。黄昏の訪れに、道は暗さを増している。人影は皆無だった。

「説得に手間取っておるのだろう。夕刻までに間に合わぬかもしれん」

「間に合わぬ場合、いかがいたします？」

文史郎は紀州藩邸の甍《いらか》を見上げた。

仁平が捕われて三日が経つ。あの病持ちの軀では拷問に耐えられないだろう。たとえ、喋らずとも、今夜、救い出さねばきっと死ぬ。

「止むを得ぬ。一《いち》か八《ばち》か、やれるだけやる」

「殿の御意のままに」

興奮する馬の首筋を撫でながら、つと夕闇に隠れつつある紀州藩中屋敷の屋根を眺めた。

そろそろ、合図のある時刻だった。

「合図は？」

「まだのようです」

藩邸には、すでにお篠と蛍吉が忍び込んだ。

蛍吉はまだ脇腹の傷が癒えてないが、親父は自分の手で逃がすといってきかなかった。それに蛍吉は仁平を監禁した地下牢への出入口も知っていた。

お篠はさすが女鳶と呼ばれただけあって、まだ怪我で十分に動けない蛍吉を助けながら、身軽に築地塀の上によじ登った。二人は音も立てずに暗がりの中に姿を消した。

築地塀の内側には供侍や徒侍《かち》、中間《ちゅうげん》小者の長屋や組屋敷が並んでいる。その屋根伝いに本屋敷に忍び込むことができる。

紀州藩中屋敷は、尾張《おわり》殿や井伊《いい》殿の藩邸と並んで、広々とした敷地を誇っている。敷地内には庭のほかに兵の教練や馬の調教ができる広場があるほどだ。それだけに警備も手薄だった。

馬上の文史郎の左側には、供侍の格好をした大門が心張り棒を鬼の金棒のように地面に突き立て、仁王立ちしている。

右側にいる供侍は、定廻り同心の小島啓伍だった。いつもの着流し姿ではなく、裁着袴姿だ。

行列の先頭には、中間姿の忠助親分と末松がしゃがんでキセルを燻らせている。二人が着込んだ法被には、松平家の家紋がついていた。兄者の中間たちから借り出した法被だ。

忠助親分と末松は、松平家の家紋がついたぶら提灯を下げていた。すでに蠟燭の火が点けられている。

「殿、合図です」

忠助親分が提灯を掲げた。

中屋敷の瓦屋根に小さな影が現れ、小さな火がちらついた。お篠の影法師だ。

二度光っては隠れ、また二度光る。

ふっと火が消え、暗がりになった。

早くも囚《とら》われている仁平の居場所が分かったという合図だ。まだ生きている。

「よし、もう待てぬ。行こう」

文史郎は皆に手を挙げて告げた。

忠助親分と末松が先導し、一行は日暮れて暗くなった道を進み出した。

すぐに紀州藩邸の門構えが目前に迫った。

石垣の両番所突出しに、屋根は破風造りの豪勢な門構えだ。

忠助親分と末松が物見番所の窓越しに、訪いを告げた。忠助親分は、物見の誰何《すいか》の問いに「大目付松平義睦様御名代《みようだい》」と名乗り、大声で「開門開門」と怒鳴る。

慌ただしく通用口の戸が開き、門番や侍が出て来て、馬上姿の文史郎を見ると急いで引っ込んだ。

やがて両開きの門扉《もんぴ》が重々しく軋みながら開かれた。

「大目付松平義睦様名代松平文史郎様、お成りいい」

末松が素《す》っ頓狂《とんきょう》な声を張り上げた。

「へへーい」

出迎えた門番や警備の侍たちは畏れ入り、一斉に頭を下げる。

文史郎は彼らを睥睨《へいげい》し、屋敷の玄関先に馬を進めた。

文史郎は玄関先で馬をひらりと飛び降りた。

玄関の式台には何基もの燭台が据えられ、あたりをほのかに明るくしていた。

式台に慌ただしく、初老の用人が現れた。若い供侍が知らせたらしい。

「大目付松平義睦様の御名代様とか」

文史郎は鷹揚《おうよう》にうなずいた。

「さよう。大目付松平義睦様名代松平文史郎。当藩江戸家老石川主水丞殿に面会いたしたい。直ちにお取り次ぎ願いたい」

「はて、いかなご用にございましょうか？」

「先般、評定所《ひょうじょうしょ》において、当藩江戸家老石川主水丞殿につき、不審の疑あり、大目付名代として直接本人に真偽を問い質《ただ》したく、お訪ねした次第」

「不審の疑とは、なんでござろうか？」

「貴殿にお話しすることではない。本人にお尋ねすることだ」

「はてさて、困ったものですな。ほかの大名屋敷ならともかく、当藩は徳川御三家の紀州家にございますぞ。たとえ大目付様のご名代と申されても、当主徳川斉順《なりゆき》様のお許しを得ずして、我が藩のいかなる者にも会わせるわけにはいきませぬ」

「では、仕方がない」

文史郎は懐から徐《おもむろ》に書状を取り出し、用人の目の前に掲げた。

書状の包み紙には、下の字が書き付けてある。

「上意にござる。将軍家慶様の上意だ」

文史郎は奥にも届くように大声で叫んだ。

初老の用人は包み紙の下の字を見て、腰を抜かさんばかりに驚いた。

「貴殿は上意に逆らうというのか？　頭《ず》が高い。控えおろう」

「へへーい」

用人は慌てて平伏した。

「しばし、お待ちを」

用人はあたふたと廊下を走り、奥へ消えた。

将軍の上意ということばに、供侍や番人たちも、その場に平伏した。

文史郎は左衛門と顔を見合わせてうなずきあった。

文史郎は大門に目配せした。

大門はさりげなく玄関先から離れ、暗がりに紛れた。

小島は供侍然として、左衛門の脇に控えた。

中間姿の忠助親分と末松は、馬の轡《くつわ》を取り、玄関近くの立ち木に手綱《たづな》を括《くく》り付けた。

その後、暗がりに姿を消した。

廊下を走る大勢の足音が響き、江戸家老石川主水丞が赤ら顔で駆け付けた。

石川の後ろには酒井養老の姿があった。

石川と酒井は、式台の上に平伏した。

「上意だ。御家老、しかと見られよ」

文史郎の声に、石川と酒井は恐る恐る顔を上げた。

「な、なんと、剣客相談人ではないか」

「さよう。しかし、本日は大目付松平義睦様の名代松平文史郎として伺っておる。これは、将軍家慶様の御上意だ」

「…………」

石川は酒井と顔を見合わせた。

「貴殿は、以前、若月丹波守清胤改め大館文史郎と名乗られておったと思うが」

「大館は仮の姓。それがしの旧姓は松平でござる」

「どちらの松平家でござろうか？」

「信濃松平家」

「では、大目付松平義睦様は、貴殿とご兄弟ではござらぬか？」

酒井は目を細めた。猜疑《さいぎ》の目付きだった。

「実兄でござる。それはさておき、上意に従うか従わぬか、どちらでござる？」

「我が紀州家は、徳川宗主の家慶様と、家格において同格のはず……」

「誤解なさるな。上意は本藩紀州家を尋問することにあらず。貴殿たち江戸家老石川主水丞殿と中老酒井養老殿に対してのこと」

二人はうっと息を呑んだ。

「もし尋問を断るというなら、上意に逆らうことになるが、それでもいいのか？」

文史郎は上意の紙包みを二人に突き付けた。

江戸家老石川主水丞は、ようやく落ち着きを取り戻した。

「わ、分かりました。いかなる嫌疑にござろうか？」

「御家老、まずは奥の客間で」

酒井養老は苦々しくいった。石川も同意した。

「ここ式台では、落ち着かぬでしょう。ぜひに奥の客間にて」

「よかろう。人払いして話す方が話は早い」

文史郎は左衛門に目配せした。

「お任せを」

左衛門はうなずいた。

「では、こちらへ」

石川主水丞は、文史郎を案内するように先に立って廊下を歩き出した。

文史郎は石川主水丞について歩いた。すぐ後ろから酒井養老が続く。

文史郎は客間に案内され、床の間を背にした上席に座った。

「しばらく客間には人を近付けないように」

酒井は付いてきた供侍に命じた。供侍は腰を低くし、引き下がった。

燭台に百匁蠟燭が炎を灯していた。

石川主水丞と酒井養老は憮然とした面持ちで、文史郎に正対して座った。

「では、大目付名代様、御上意の書状を拝見仕ろうか？」

石川は疑わしそうな目で文史郎を睨んだ。

文史郎は石川を睨み返した。

「上様の上意をお疑いになられるというのか？」

「とんでもない。ですが、一応、拝読させていただかないと」

「上意書の拝読罷《まか》り成らぬ。大目付様から、そう申し付けられておる」

「ほんとうでござるか？」

酒井は疑わしそうな目を文史郎に向けた。

「しかし、特別な処遇として、読んでおきかせいたそう。それなら、おぬしらが拝読したことにならぬのでな」

文史郎は着物の襟の間に差し込んだ上意の書状を取り出した。包み紙を開いた。中の書状を取り上げて、読み上げた。

「一つ、紀州藩江戸家老石川主水丞は、中老酒井養老と結託して、貴藩の火消、紀州鳶頭蛍吉を二代目鼠小僧次郎吉に仕立て上げ、札差、蔵元を襲わせ、多大な金銀貨を盗ませたという訴えがあったが、それはまことか？」

「笑止千万。誰がそのような訴えをなされたのか」

石川主水丞は真っ赤な顔をして、白《しら》を切ろうとした。

文史郎は笑った。

「石川、嘘は申すな。大目付様も先刻ご承知のこと。初代の鼠小僧次郎吉と同様、今回も二代目次郎吉を使って、密かに探索を行なうは、老中阿部正弘様、大目付松平義睦様たちの意向を受けてのこと。違うか？」

石川は目を白黒させた。酒井は怪訝な顔で座っていた。

「だから、大目付様も、それを咎《とが》めようというのではない」

「と申しますと……」

「それをいいことにして、おぬしら、奪いし金銀貨を懐に入れ、私腹を肥やしておるだろう？」

「なんと申されます。そのようなことは絶対にありませぬ」

「ほんとうか？　天地神明に誓えるか」

「誓えます」

文史郎は頭を振った。

「おぬしら、往生際《おうじょうぎわ》が悪いのう」

「証拠か証人でもいるのでござるか？　いるなら、ぜひ、見せてもらいたいものだ」

酒井が食ってかかった。

「よかろう。ぜひに、というなら、のちほど、お見せしよう」

文史郎は文面に目を落とした。

「二つ、その方たちは、鼠小僧次郎吉を使い、御金改役後藤三右衛門光享の金座、金吹所（金貨鋳造工場）を襲う謀《はかりごと》を巡らしたという訴えもあるが、これに間違いはないか？」

「と、とんでもないこと。誰が、そのような出鱈目《でたらめ》を」

石川は顔を赤らめた。酒井も憤怒の顔をした。

「そうでござる。誰かの我らを貶《おとし》めようという讒謗《ざんぼう》にござる」

「おう、さようか。これも違うと申されるのだな」

「決まっております」

文史郎はじろりと二人を見たが、すぐにうなずいた。

「よかろう。では、次の質問だ」

「…………」

あまりに簡単に追及が終わったので、石川も酒井も拍子抜けした様子だった。

文史郎はいった。

「先ほども申したが、初代鼠小僧次郎吉こと将吉について、御上は公儀隠密としての活躍と功績を称え、仁平と改名させて余生を送らせようとしたことは御存知だったろうな」

「……はい。もちろん、存じております。それが何か」

「その方たち、あろうことか、その先代次郎吉を捕らえ、ここの地下牢に監禁しているとの訴えがある。ほんとうか？」

「え？　あの男が、まさか」

石川は驚き、酒井と顔を見合わせた。酒井は小声でいった。

「……あやつ、どんなに責めても、何も白状しておりませぬ」

「やはり監禁しておるようだな。御上は、甚《はなは》だしく心配なさっておられる。直ちに、その仁平を釈放するようにとの上意だ」

「御上は、どうして、そのようなことまで御存知なのか？」

石川は驚いた表情で、文史郎を見つめた。

文史郎は答えようとしたとき、廊下に足音が響いた。

慌ただしく供侍が現れ、部屋の前に跪いた。

「酒井様」

「喧《やかま》しい。何ごとだ?」

供侍は酒井に膝行して、耳打ちした。

「なに、逃げただと」

酒井は血相を変え、石川に耳打ちした。

文史郎はほくそ笑んだ。

屋敷のどこかで人の怒声や叫ぶ声が起こっている。

大門たち、うまく仁平を逃がしたな。

そうであれば、長居は無用だ。

「剣客相談人、おのれ、謀ったな」

酒井が憤怒の顔で立ち上がった。

「誰か出合え、出合え」

報告に来た供侍も立ち上がり、仲間を呼んだ。

文史郎は書状を懐にねじ込んだ。

「穏便に済まそうと話をして来たが、どうやら、駄目なようだな。では、仕方がない。

拙者、これにて失礼いたす」

文史郎は立ち上がり、刀を携え、すたすたと廊下を戻りはじめた。

「も、もし、お待ちくだされ」

石川が慌てて文史郎を追った。

酒井の声が石川の背に届いた。

「御家老、およしなさい。これは、剣客相談人のはったりですぞ。おそらく上意も偽物」

「し、しかし、酒井。ひょっとして本物だったら、いかがいたす？」

「御家老、そんなことはありえませぬ」

文史郎は石川と酒井が言い合うのを尻目に、廊下を急いだ。

突然、行く手を供侍たちが立ち塞がった。

「おっと、剣客相談人、待たれい。このままでは帰すわけにはいかぬぞ」

供侍たちの背後から、半蔵が姿を現した。

石川の声が飛んだ。

「待て、半蔵。相談人たちは、本日は大目付様の御名代としてお越しだ。無礼は許さぬ」

「しかし、御家老」

半蔵は不満そうだった。

「いいから、下がれ。お通ししろ。手出し無用だ。下がれ」

石川が怒鳴った。半蔵は口をへの字に結び、渋々と文史郎に道を開けた。

文史郎は半蔵や供侍たちの間を抜け、玄関の式台に出た。

文史郎の後ろから、石川や酒井たちがぞろぞろついて来た。

玄関先では一騒ぎが起こっていた。

いつの間にか、玄関の前の広場に篝火《かがりび》が焚かれていた。炎が弾け、あたりを明るく照らしている。

大勢の供侍が抜刀し、玄関前に立ち塞がっていた。

大門が背中に仁平を背負っていた。片手で心張り棒を振りかざしている。

黒装束姿の影法師が二つ、脇差しを抜いて、大門の左右についている。

小島も刀の柄に手をかけ、身構えていた。

忠助親分と末松も、長い十手を供侍たちに構えていた。

左衛門が文史郎を迎えた。

「殿、仁平はうまく救い出しましたが、門扉を閉じられ、出ようにも出られそうにありません。いかがいたしましょうぞ」

「使いはまだ来ぬか」

「まだです」

左衛門は首を左右に振った。

文史郎は振り向き、石川にいった。

「御家老、上意を伝えに参った拙者たちを閉じこめて、ただで済むと思うか」

「…………」

石川は困惑した顔になった。酒井が脇から激しい口調でいった。

「御家老、こやつら、大目付の名代を名乗っておりますが、真っ赤な偽者。恐るるに足らず。屋敷から出してはなりませぬぞ」

「酒井、おぬし、ワルよのう。どうしても、わしらを偽者呼ばわりするのだな」

文史郎は酒井を睨みつけた。

酒井は嘲ら笑った。

「先ほど我らに証拠、証人を見せると申したではないか。見せられるものなら、見せてみよ。どうせ、できるはずはないのだから」

文史郎は左衛門に顎をしゃくった。

「仕方ない。爺、証人を見せてやれ」

「はい。ただいま」

左衛門は静かな声で命じた。

「出番だ」

供侍と対峙《たいじ》していた黒装束の影法師がくるりと振り向いた。

「鼠小僧次郎吉、ただ今参上」

影法師は覆面を解いた。

蛍吉の顔が現れた。

「け、蛍吉ではないか」

石川主水丞は顔色を変えた。

「御家老、大目付様に、これまでのこと、洗いざらい申し上げました」

「き、貴様、裏切ったな」

酒井が血相を変えて叫んだ。

「とんでもない。裏切ったのは、酒井様や御家老ではないですか。天井裏で密議をききましたよ。おれたちに金座を襲わせ、金銀を奪わせようというんでしょ。その後、おれたちを皆処分して、すべて罪をおれたちになすりつけようと。ちゃんとききましたぜ」

「な、なんということを」

石川主水丞は絶句し、立ち尽くした。

「やはり、蛍吉、天井裏に潜んでおった鼠は、おまえだったか」

廊下の奥から、片岡堅蔵が現れた。

蛍吉は、すばやく文史郎の背後に隠れた。

「刀を投げたとき、手応えがあったが、傷は浅かったか」

「擦り傷よ」

蛍吉は身構え、後ずさった。

「御家老、あっしが出るところに出て証言しましょうか。そうしたら、紀州様も、決して御家老たちをお許しにはならないでしょう」

「おのれ、蛍吉、我らを脅すのか」

酒井がいきり立った。後ろに向かい、大声で呼んだ。

「半蔵、こやつを斬れ」

半蔵が前に出た。腰の刀の柄に手をかけている。

「まあ、待て。ここで無用な血を流さずとも、話し合いで事を納めようではないか」

文史郎が笑いながら、石川主水丞に向いた。

「御家老、どうかな。我らと取引をしないか」

「御家老、駄目ですぞ」

酒井が拒もうとした。

「どのような取引をするというのだ？」

石川主水丞は酒井を手で制しながらきいた。

「このまま無事に我らを帰してほしい。その代わり、蛍吉は御家老たちを御上に訴えるようなことはしない。蛍吉は、終生、御家老たちの所業について、しゃべらないと約束するだろう」

「信じられぬな」

「信じてもらうしかない。拙者たち剣客相談人が保証しよう。どうだね、御家老」

「…………」

石川主水丞は躊躇していた。

酒井が囁いた。

「御家老、信用してはいけませんぞ」

「御家老、どうする。ここで血を流せば、紀州様の顔に泥を塗ることになるぞ。それよりも取引に応じて、平和裏に事を納める方が得策だろうが」

「分かった。取引に応じよう」

石川主水丞はうなずいた。

「御家老……」

酒井の顔色が変わった。

「酒井、もう大目付にも、老中にも知られていることだ。最早、逃げ隠れはできぬ。わしらも腹を括り、上様に申し開きしなければならぬ」

石川主水丞が話している最中に、酒井は刀を引き抜いた。

「危ない！　御家老」

文史郎は腰の刀を抜き、石川を突き飛ばした。同時に、抜いた刀で酒井を斬った。

酒井は一瞬、動きを止めたが、刀を返して、文史郎に斬りかかった。

文史郎は刀を酒井に突き入れた。

酒井は刀を取り落とし、文史郎に摑みかかるようにして、膝から崩れ落ちた。

石川はよろめきながら、立ち上がった。

「危ないところでござった」

左衛門が石川の傍らに立ち、護衛にあたった。

「酒井様が斬られたぞ」

「おのれ、逃がすな」

供侍たちがいきり立ち、文史郎に詰め寄ろうとした。

「皆の者、落ち着け」

石川は両手を上げて、皆を制した。

「酒井が斬られたのは、わしを斬ろうとしたからだ。それで止むを得ず、剣客相談人は斬ったのだ」

半蔵が進み出た。

「御家老、しかし、こやつら、我らの敵ですぞ。上意などといっているが、偽の上意かもしれませんぞ。もし、こやつらを帰したら……」

突然門外から声が上がった。

「開門、開門！　上意だ。開門せよ」

供侍たちは何ごとか、と騒《ざわ》めいた。

「殿、やっと来ましたな」

左衛門が笑った。

文史郎はうなずいた。

門外の声が喚《わめ》いた。

「大目付名代松平文史郎様がおられるはず。開門開門せよ」

家老の石川は大声で命じた。

「門を開けよ」

門番たちが閂《かんぬき》を抜き、門扉を開けた。

馬に乗った武家が書状を掲げ、乗り込んだ。

「どけどけ。上意だ」

供侍や門番たちが慌てて道を開いた。

武士は馬から飛び降りた。文史郎を見付け、大股で歩み寄り、下と書かれた書状を文史郎に手渡した。

「文史郎様、間に合いましたか？」

「ご苦労。間に合った」

「この騒ぎは？」

「本物の上意かどうか、疑われてのう」

「くれぐれも、大目付様がよろしう、と申されておりました」

「うむ。かたじけない」

文史郎は上意の書状を受け取り、あらためて家老の石川主水丞たちに掲げた。

「上意だ。これは本物だ。控えおろう」

「ははあ」

石川主水丞はその場に平伏した。

半蔵をはじめ、供侍たちも一斉にその場に平伏した。

「御家老、顔を上げられい」

「ははあ」

石川主水丞は恐る恐る顔を上げた。

「すでに上意の目的は達した。我らは、このまま引き揚げる」

「お咎めの件は、いかがになりましょう」

「仁平を無事返してもらったので、すべて不問に付す」

「ほんとうでございますか」

「剣客相談人に二言《にごん》はない」

「……先ほどのお約束については、どうなるのかと」

「心配いたすな。蛍吉はいっさい他言しない。そうだな、蛍吉」

「はい。ここで見聞きしたこと、いっさい他言しません。約束します」

蛍吉が神妙な顔でいった。

大門に背負われた仁平が、弱々しく文史郎にいった。

仁平は相当痛め付けられたらしく、顔は腫れ上がり、片方の目蓋が垂れ下がっている。

手足も痩せ細り、痣《あざ》だらけだった。ろくに食事も与えられていないようだった。

「お殿様、お救いくださいまして、ありがとうございました。心から御礼申し上げます」

「お父っつあん、よかったねえ。田舎へ帰って、みんなで暮らそうね」

お篠が傍らから仁平の背を撫でながら、涙ぐんだ。

「うんうん」

仁平はうなずいていた。

文史郎は左衛門にいった。

「爺、引き揚げようぞ。馬、引け」

「はい。殿」

左衛門は喜んで式台から下りて、馬が繋がれている立ち木に駆け寄った。手綱を解き、玄関先に馬を引いて来た。

「剣客相談人、この恩、忘れませぬぞ」

家老の石川主水丞は何度も頭を下げた。

「忘れてくれ。覚えていても無用のことだ」

文史郎は頭を振っていった。

半蔵が近寄って来た。

「剣客相談人、おぬしとは、いま一度立ち合いたかったな」

「いずれ、またその日も来よう」

「その日を楽しみにしておくぞ」

半蔵はにやっと笑った。

文史郎は、左衛門が口取りをする馬の背に乗った。

仁平を背負った大門と蛍吉、お篠が続く。

小島もほっとした顔で、忠助親分と末松に出ようと顎をしゃくった。

上意の書状を持ってきた使者も、馬に飛び乗り、あとに続いた。

門外まで、家老の石川主水丞をはじめ、供侍や門番たちが見送りに出た。

意気揚々と文史郎たちが砂利道を歩きはじめたとき、半鐘が鳴り響きはじめた。

「火事だあ」「火事だ」

いま出て来たばかりの藩邸から、築地塀越しに火の手が上がるのが見えた。

馬が騒動に驚き、後ろ脚立ちになった。

左衛門が必死に馬を押さえようとした。

文史郎は落馬する前に飛び降りた。

蛍吉が文史郎に駆け寄った。

「お殿様、左衛門様、すまねえ、お父っつあんとお篠を頼みます。あっしは藩邸に戻らねばなりません」

「どうしてだ？」

「あっしは、火消の紀州鳶頭です。屋敷が火事ってえのに、鳶頭のあっしが手下の臥煙たちを置いて逃げるわけにはいかねえ」

蛍吉はその場で黒装束を脱ぎ捨てた。

火消鳶の法被姿だった。

「大門様、下ろしてくだせえ」

仁平の搾《しぼ》り出すような声がした。

「お父っつあん、どうしたってえんだい」

蛍吉が駆け寄った。

「蛍吉、わしも年は取ったが紀州鳶だ。いっしょに連れて行ってくれ」

「その軀じゃあ、無理だ。死にに行くようなもんだ」

「馬鹿野郎。火消鳶が火消の現場で死ねれば本望ってもんだ。頼む、連れて行ってくれ」

「お父っつあん」

「わしは病持ちだ。もう長くはねえ。最後の最後は鳶で死にてえ。頼む」

お篠が蛍吉と仁平の間に駆け寄った。

「兄さん、お父っつあんを連れて行ってあげて。わたしからもお願い。お父っつあんに思い通りにさせてやって」

「よし、分かった。お父っつあんを連れて行くぜ。さ、俺の背に乗りな」

仁平は大門の背から蛍吉の背に移った。

「よし、じゃあ、行くぜ」

仁平を背負った蛍吉は一目散に藩邸の門に向かって走り出した。

文史郎たちも、蛍吉たちのあとを追って門前に駆け付けた。

「どいたどいた。火消だ火消だ。火消は集まれ」

蛍吉は門の中の人込みを掻き分けながら、怒鳴った。やがて人込みの中に姿が見えなくなった。

「あ、頭だ」「頭が戻って来た」

火消の法被を来た臥煙たちが歓声を上げるのがきこえた。

「纏《まとい》を持って来い。纏だ。梯子《はしご》をかけろ」

蛍吉の声は生き生きとして、臥煙たちに指示を出した。

「殿、我らは邪魔になるだけでござろう。されば、ここで見物させていただくのが一番」

左衛門がいった。大門もうなずいた。

「さようさよう。火消のことは火消にまかせましょう」

半鐘が鳴り響いている。

やがて、築地塀越しに、母屋《おもや》の屋根に登る人影が見えた。

一人は若々しく、もう一人は痩せてはいたが、しゃんと背筋を伸ばした影法師だ。

「お父っつあん」

お篠が文史郎の傍らで両手を合わせて、影法師を拝んだ。

二つの影法師は燃え盛る赤い炎を前にして、一歩も引かずに纏を揮《ふる》っていた。

「親子鳶ですな」

左衛門が文史郎にいった。

親子鳶か。

文史郎はあらためて、勇壮な火消鳶の男意気に感じ入った。

火消したちが必死に家屋を壊す音がきこえてくる。延焼を防ぐため、火の手の先の建物を壊しているのだ。

火勢はだんだん弱くなりはじめた。

半鐘がゆっくりと打ち鳴らされるようになった。

やがて、炎が下火になり、屋根の上の二つの影法師も闇に隠れて見えなくなった。

八

蛍吉とお篠を乗せた菱垣廻船《ひがきかいせん》は、満帆に風を受け、江戸湊《みなと》から遠ざかって行く。

お篠は船縁《ふなべり》でいつまでも文史郎たちに手を振っていた。

やがて、船上の人影が判別できなくなるほどに船が小さくなった。

文史郎は、いい親子だったな、と心の中で思った。

結局、あの日、長屋に戻って来たのは、火事の煤《すす》で真っ黒になった蛍吉一人だった。

蛍吉の話では、親父の仁平は燃え盛る炎を前に、纏を持ったまま、息絶えたということだった。

仁平の遺体は、江戸家老石川主水丞の特別の計らいで、紀州藩の藩士が多く眠る菩《ぼ》提《だい》寺《じ》の墓地に葬《ほうむ》られた。

紀州様からは、蛍吉に仁平の分も合わせて、金一封が授与された。紀州鳶たちの必死の消火活動で、類焼が最小限に止められたことへの感謝の徴《しるし》だった。

大目付の松平義睦の話によると、近々、老中水野忠邦殿は引責辞任を余儀なくされるとのことだった。

幕政改革の失敗を問われてというのが、表向きの理由だったが、文史郎は、ほんとうの理由は御金改役後藤三右衛門光享との結びつきを問われてのことだ、と思っている。

事実、水野忠邦が失脚して、間もなく後藤三右衛門光享も御金改役を罷免《ひめん》された。

そして、後藤家が懐に入れた莫大な金銀は、すべて公儀の没収するところとなった。

それを断行したのは、水野忠邦のあとに老中首座に就いた阿部正弘だった。

そして、すべては闇から闇に葬り去られた。

文史郎たちは湊から帰り、安兵衛店近くの船着き場で屋根船を降りた。

そこで大門は弥生の大瀧《おおたき》道場へ稽古に出掛け、左衛門はまた口入れ屋の権兵衛に会いに出掛けた。

文史郎は二人と別れたあと、いったん長屋に戻り、釣り道具を取って再び外へ出た。梅雨の間、久しく釣りはしていない。

のんびりと大川端を散歩して、いつもの釣り場に行こうとしたとき、ふと誰かに尾行されているのに気付いた。

振り向くと、着流し姿の片岡堅蔵が付いて来る。

片岡は不敵な笑みを浮かべ、文史郎に付いて来いと顎をしゃくった。

そういえば、紀州藩邸を出るとき、片岡の姿を見かけなかった。

もしや、あの不審火による火事は、片岡が腹いせに屋敷に火付けしたのかもしれない。

ふと、文史郎はそう思った。

大川端をしばらくついて行くと、水辺に葦《あし》がたくさん生えている場所に出た。そこにわずかばかりの草地があった。

片岡は足を止め、ゆっくりと振り向いた。

「剣客相談人、ここで、決着をつけようぞ。それが唯一心残りだった」

片岡は静かな声でいった。

文史郎はうなずいた。

「よかろう」

片岡堅蔵は草履を脱ぎ捨て、裸足《はだし》になった。

文史郎も下駄を脱いだ。

片岡は刀を抜き、いったん青眼に構えたが、すぐに例の左腕に刀身を載せる構えに移った。

右手で柄を握り、袖で刀を隠し、突きを専門にめざす剣法だ。目だけぎょろつかせる。

文史郎も刀を抜き併せ、右八相に構えた。

「片岡、一度は通じても、二度は通じない。そのことよく覚えておけ」

「しゃらくさい」

片岡堅蔵は嘲ら笑った。

間合い二間。

片岡は袖で刀身を隠すようにして、じりじりっと足を進めた。

一足跳びに一気に斬り間に来る。

文史郎は片岡の動きを読んだ。

片岡は滑らかに足を進め、歩幅を大きく取った。

来る。

瞬間、文史郎は飛び上がった。

片岡の軀が一足跳びに移動し、文史郎の軀の下に入った。真っ直ぐに刀が突き入れられている。

文史郎は飛び降りながら、刀を上段から振り下ろした。

片岡の肩口から一刀両断に斬り下ろした。

文史郎は着地し、転がった。すぐに起き上がり、残心《ざんしん》の構えに入った。

片岡は崩れ落ち、そのまま動かなかった。

文史郎は懐紙で刀の血糊を拭い、作法通りに血糊のついた懐紙を片岡の遺体の上に置いた。

文史郎は片手で片岡を弔《とむら》い、下駄を履き直した。

文史郎は大川端を川風に吹かれながら、ゆっくりと歩いた。

鳶が頭上で甲高い声を上げて鳴いた。

時代小説
二見時代小説文庫

疾《はし》れ、影法師《かげぼうし》 剣客相談人《けんかくそうだんにん》11

著者 森《もり》 詠《えい》

発行所 株式会社 二見書房
東京都千代田区三崎町二-一八-一一
電話 〇三-三五一五-二三一一［営業］
〇三-三五一五-二三一三［編集］
振替 〇〇一七〇-四-二六三九

印刷 株式会社 堀内印刷所
製本 ナショナル製本協同組合

落丁・乱丁本はお取り替えいたします。
定価は、カバーに表示してあります。

 ISBN978-4-576-14065-0
http://www.futami.co.jp/

剣客相談人 長屋の殿様 文史郎

森詠［著］

若月丹波守清胤、三十二歳。故あって文史郎と名を変え、八丁堀の長屋で爺と二人で貧乏生活。生来の気品と剣の腕でよろず揉め事相談人に！心暖まる新シリーズ！

狐憑きの女 剣客相談人2

森詠［著］

一万八千石の殿が爺と出奔して長屋暮らし。人助けの万相談で日々の糧を得ていたが、最近は仕事がない。米びつが空になるころ、奇妙な相談が舞い込んだ……！

赤い風花《かざはな》 剣客相談人3

森詠［著］

風花の舞う太鼓橋の上で、旅姿の武家娘が斬られた。瀕死の娘を助けたことから、「殿」こと大館文史郎は、巨大な謎に立ち向かう！大人気シリーズ第3弾！

乱れ髪 残心剣 剣客相談人4

森詠［著］

「殿」は、大川端で心中に見せかけた侍と娘の斬殺死体を釣りあげてしまった。黒装束の一団に襲われ、御三家にまつわる奥深い事件に巻き込まれていくことに…！

剣鬼往来 剣客相談人5

森詠［著］

殿と爺が住む八丁堀の裏長屋に男装の女剣士が来訪！大瀧道場の一人娘・弥生が、病身の父に他流試合を挑む凄腕の剣鬼の出現に苦悩、相談人らに助力を求めた！

夜の武士《もののふ》 剣客相談人6

森詠［著］

殿と爺が住む裏長屋に若侍を捜してほしいと粋な辰巳芸者が訪れた。書類を預けた若侍が行方不明なり、相談人らに捜してほしいと…。殿と爺と大門の剣が舞う！

笑う傀儡《くぐつ》 剣客相談人7

森詠［著］

両国の人形芝居小屋で観客の侍が幼女のからくり人形に殺される現場を目撃した殿。同じ頃、多くの若い娘の誘拐事件が続発、剣客相談人の出動となって……。

七人の刺客 剣客相談人8

森詠［著］

兄の大目付に呼ばれた殿と爺と大門は驚愕の密命を受けた。江戸に入った刺客を討て！ 一方、某大藩の侍が訪れ、行方知れずの新式鉄砲を捜し出してほしいという。

必殺、十文字剣 剣客相談人9

森詠［著］

殿と爺らに白装束の辻斬り探索の依頼。すでに七人が殺され、すべて十文字の斬り傷が残されているという。背後に幕閣と御三家の影！ 長屋の殿と爺と大門は…。

用心棒始末 剣客相談人10

森詠［著］

大川端で久坂幻次郎と名乗る凄腕の剣客に襲われた殿。折しも江戸では、剣客相談人を騙る三人組の大活躍が瓦版で人気を呼んでいるという。彼らの目的は？

進之介密命剣 忘れ草秘剣帖1

森詠［著］

開港前夜の横浜村近くの浜に、瀕死の若侍を乗せた小舟が打ち上げられた。回船問屋の娘らの介抱で傷は癒えたが記憶の戻らぬ若侍に迫りくる謎の刺客たち！

流れ星 忘れ草秘剣帖2

森詠［著］

父は薩摩藩の江戸留守居役、母は弟妹と共に殺されていた。いったい何が起こったのか？ 記憶を失った若侍に明かされる、驚愕の過去！ 大河時代小説、第2弾！

孤剣、舞う　忘れ草秘剣帖3
森詠［著］

千葉道場で旧友坂本竜馬らと再会した進之介の心に、疾風怒涛の魂が荒れ狂う。自分にしかできぬことがあるやらずにいたら悔いを残す！ 好評シリーズ第3弾！

影狩り　忘れ草秘剣帖4
森詠［著］

江戸城大手門はじめ開明派雄藩の江戸藩邸に脅迫状が張られ、筆頭老中の寝所に刺客が……。天誅を策す「影法師」に密命を帯びた進之介の北辰一刀流の剣が唸る！

公事宿《くじやど》 裏始末　火車《かしゃ》廻る
氷月葵［著］

理不尽に父母の命を断たれ、名を変え江戸に逃れた若き剣士は、庶民の訴証を扱う公事宿で絶望の淵から浮かび上がる。人として生きるために……。新シリーズ！

公事宿 裏始末2　気炎立つ
氷月葵［著］

江戸の公事宿で、悪を挫き庶民を救う手助けをすることになった数馬。そんな折、金持ちしか相手にせぬ悪名高い四枚肩《しまいかた》の医者にからむ公事が舞い込んで……。

公事宿 裏始末3　濡れ衣奉行
氷月葵［著］

材木石奉行の一人娘・綾音は、父の冤罪を晴らさんと、公事師らと立ち上がる。牢内の父からの極秘の伝言は、濡れ衣を晴らす鍵なのか!? 大好評シリーズ第3弾！

与力・仏《ほとけ》の重蔵　情けの剣
藤水名子［著］

続いて見つかった惨殺死体の身元はかつての盗賊一味だった…。鬼より怖い凄腕与力がなぜ〝仏〟と呼ばれる？ 男の生き様の極北、時代小説に新たなヒーロー！ 新シリーズ！

密偵《いぬ》がいる　与力・仏の重蔵2

藤水名子［著］

相次ぐ町娘の失踪…かどわかしか駆け落ちか？　手がかりもなく、手詰まりに焦る重蔵の、乾坤一擲の勝負の一手！　〃仏〃と呼ばれる与力の、悪を決して許さぬ戦い！

陰聞《かげき》き屋 十兵衛

沖田正午［著］

江戸に出た忍《しのび》四人衆、人の悩みや苦しみを陰で聞いて助けます。亡き藩主の無念を晴らすため萬ず揉め事相談を始めた十兵衛たちの初仕事の首尾やいかに!?　新シリーズ

刺客 請け負います　陰聞き屋 十兵衛2

沖田正午［著］

藩主の仇の動きを探るうち、敵の懐に入ることになった陰聞き屋の仲間たち。今度は仇のための刺客や用心棒まで頼まれることに。十兵衛がとった奇策とは!?

往生しなはれ　陰聞き屋 十兵衛3

沖田正午［著］

悩み相談を請け負う「陰聞き屋」なる隠れ蓑のもと仇討ちの機会を狙う十兵衛と三人の仲間たちが、絶好の機会に今度こそはと仕掛ける奇想天外な作戦とは!?

秘密にしてたもれ　陰聞き屋 十兵衛4

沖田正午［著］

仇の大名の奥方様からの陰依頼。「飛んで火に入るなんとやらで、絶好の仇討ちの機会に気持ちも新たに悲願達成を目論むが。十兵衛たちのユーモアシリーズ第4弾！

そいつは困った　陰聞き屋 十兵衛5

沖田正午［著］

押田藩へ小さな葛籠を運ぶ仕事を頼まれた十兵衛。簡単な仕事と高をくくる十兵衛だったが、葛籠を盗まれてしまう。幕府隠密を巻き込んでの大騒動を解決できるか!?

二見時代小説文庫

夜逃げ若殿 捕物噺 夢千両すご腕始末

聖龍人［著］

御三卿ゆかりの姫との祝言を前に、江戸下屋敷から逃げ出した稲月千太郎。黒縮緬の羽織に朱鞘の大小、骨董目利きの才と剣の腕で江戸の難事件解決に挑む！

夢の手ほどき 夜逃げ若殿 捕物噺2

聖龍人［著］

稲月三万五千石の千太郎君、故あって江戸下屋敷を出奔。骨董商・片岡屋に居候して山之宿の弥市親分とともに謎解きの才と秘剣で大活躍！ 大好評シリーズ第2弾

姫さま同心 夜逃げ若殿 捕物噺3

聖龍人［著］

若殿の許婚・由布姫は邸を抜け出て悪人退治。稲月三万五千石の千太郎君との祝言までの日々を楽しむべく由布姫は江戸の町に出たが事件に巻き込まれた！

妖《あや》かし始末 夜逃げ若殿 捕物噺4

聖龍人［著］

じゃじゃ馬姫と夜逃げ若殿。許婚どうしが身分を隠してお互いの正体を知らぬまま奇想天外な妖かし事件の謎解きに挑み、意気投合しているうちに…第4弾！

姫は看板娘 夜逃げ若殿 捕物噺5

聖龍人［著］

じゃじゃ馬姫と名高い由布姫は、お忍びで江戸の町に出て会った高貴な佇まいの侍・千太郎に一目惚れ。探索に協力してなんと水茶屋の茶屋娘に！ シリーズ第5弾

贋若殿の怪 夜逃げ若殿 捕物噺6

聖龍人［著］

江戸にてお忍び中の三万五千石の若殿・千太郎君の前に現れた、その名を騙る贋者。不敵な贋者の、真の狙いとは!? 許婚の由布姫は果たして…。大人気シリーズ第6弾

二見時代小説文庫

花瓶の仇討ち　夜逃げ若殿 捕物噺7

聖龍人［著］

骨董目利きの才と剣の腕で、弥市親分の捕物を助けて江戸の難事件を解決している千太郎。許婚の由布姫も、事件の謎解きに健気に大胆に協力する！　シリーズ第7弾

お化け指南　夜逃げ若殿 捕物噺8

聖龍人［著］

三万五千石の夜逃げ若殿、骨董目利きの才と剣の腕で、江戸の難事件に挑むものの今度ばかりは勝手が違う！ 謎解きの鍵は茶屋娘の胸に。大人気シリーズ第8弾！

笑う永代橋　夜逃げ若殿 捕物噺9

聖龍人［著］

田安家ゆかりの由布姫が、なんと十手を預けられた！ 江戸下屋敷から逃げ出した三万五千石の夜逃げ若殿と摩訶不思議な事件を追う！ 大人気シリーズ第9弾！

悪魔の囁き　夜逃げ若殿 捕物噺10

聖龍人［著］

事件を起こす咎人《とがびと》は悪人ばかりとは限らない。夜逃げ若殿千太郎君《ぎみ》は許嫁の由布姫と二人して難事件の謎解きの日々だが、ここにきて事件の陰で戦《おのの》く咎人の悩みを知って……。

北瞑の大地　八丁堀・地蔵橋留書1

浅黄斑［著］

蔵に閉じ込めた犯人はいかにして姿を消したのか？ 岡っ引き喜平と同心鈴鹿、その子蘭三郎が密室の謎に迫る！ 捕物帳と本格推理の結合を目ざす記念碑的新シリーズ！

天《あま》満月《みつつき》夜《よ》の怪事《ケチ》　八丁堀・地蔵橋留書2

浅黄斑［著］

江戸中の武士、町人が待ち望む仲秋の名月。その夜、惨劇は起こった……！ 時代小説に本格推理の新風を吹き込んだ！ 鈴鹿蘭三郎が謎に挑む。シリーズ第2弾！

間借り隠居 八丁堀 裏十手1
牧 秀彦［著］

北町の虎と恐れられた同心が、還暦を機に十手を返上。その矢先に家督を譲った息子夫婦が夜逃げ。間借りしながら、老いても衰えぬ剣技と知恵で悪に挑む！

お助け人情剣 八丁堀 裏十手2
牧 秀彦［著］

元廻同心、嵐田左門と岡っ引きの鉄平、御様御用山田家の夫婦剣客、算盤侍の同心・半井半平。五人の〝裏十手〟が結集して、法で裁けぬ悪を退治する！

剣客の情け 八丁堀 裏十手3
牧 秀彦［著］

嵐田左門、六十二歳。心形刀流、起倒流で、北町の虎の誇りを貫く。裏十手の報酬は左門の命代。一命を賭して戦うことで手に入る、誇りの代償。孫ほどの娘に惚れられ…

白頭《はくとう》の虎 八丁堀 裏十手4
牧 秀彦［著］

町奉行遠山景元の推挙で六十二歳にして現役に復帰した元廻方同心の嵐田左門。権威を笠に着る悪徳与力や仏と噂される豪商の悪行に鉄人流十手で立ち向かう！

哀しき刺客 八丁堀 裏十手5
牧 秀彦［著］

夜更けの大川端で見知りの若侍が、待ち伏せして襲いかかってきた武士たちを居合で一刀のもとに斬り伏せた現場を目撃した左門。柔和な若侍がなぜ襲われたのか……。

新たな仲間 八丁堀 裏十手6
牧 秀彦［著］

若き裏稼業人の素顔は心優しき手習い塾教師。その裏稼業人に、鳥居耀蔵が率いる南町奉行所の悪徳同心が罠をかけてきたのを知った左門と裏十手の仲間たちは…